「我的魔法，就是用在料理上的最強魔法——
『用心做好每一道料理』。」— 魔法美食街 · 紫愿

魔法美食街

雪原雪

トリカワ

附錄・人物介紹

CHARACTERS

黃元杰（二十歲）

大學攝影相關科系二年級學生，因緣際會下認識了紫愿。雖然不懂魔法和料理，卻希望幫助紫愿推廣台灣料理和美食。沒什麼特點，興趣是拍人物和風景照片。

紫愿（？歲）

外表看起來約二十歲，實際年齡不明。台灣食堂的第二代小老闆，是個天真又可愛的台灣女孩，個性有些衝動，不服輸又很有正義感。很喜歡做料理給客人吃後、看客人露出滿意表情的笑容。

東門寺櫻花（二十二歲）

擁有日本「東門寺」一族貴族血統，以祭祀巫女的身份被撫養長大，料理和魔法能力都是一流；也被稱為「巫女櫻花」的料理名人。個性溫柔又體貼，卻不擅長表達自己的想法。

龍鈴華（二十六歲）

富可敵國的軒轅集團董事長第二千金，以華麗的廣告行銷、人海戰術推銷著天朝傳統料理，並使用各種手段來打擊其他餐廳；喜歡穿著性感的中國式旗袍，並愛拿著扇子在手上把玩。

第七號魔法商店街會長（五十五歲）

資深的魔法商店街會長，也是魔法世界商店街總部的亞細亞分部負責人之一。時常舉辦各種活動和比賽，是個公正又具有人望的商店街會長。

式神・小春日

東門寺櫻花所招喚的式神，薄薄的紙片人形會幫櫻花做許多事情，很受客人的歡迎，御東堂料理店甚至有意思出小春日的周邊商品來販賣。

序

元杰坐在河堤旁邊，兩眼看著眼前的夕陽發呆。

河堤的夕陽很漂亮，在繁忙的都市中，粉橙色的夕陽擁有著寧靜和安詳的力量，可以掃除許多現實生活中的煩惱和疲憊。

元杰是個大學二年級的學生，主修是攝影。當時爲了要實現夢想，拒絕了家裡要求他去讀一流大學的管理學系而離家出走，選擇了自己想要讀的攝影相關學系並開始追逐自己的夢想。

雖然學校的學習讓元杰頗有收穫，卻因爲搬出來住需要花費大量金錢，無論是住宿還是生活都需要靠打工才能撐得下去；然而，在進入大學二年級升三年級暑假時，元杰卻失去了打工的機會。

工讀生的元杰因爲無法配合飲料店無理的無支薪加班，在進入暑假後工讀生選擇增多的情形下，被飲料店給開除了。雖然工作結束讓元杰有鬆了一口氣的感覺，但是相對的生活壓力也襲擊而來，接下來的時間他也一直找不到合適的打工機會：店家不是嫌棄元杰無法配合加班、不然就是認爲他的學生身份沒辦法專心工作，甚至認爲比起其他工讀生來說，元杰的專業只是攝影，而這種專業對工作根本沒有用處。

所以，元杰失業了快兩個月，眼看存款已經快要見底了。今天元杰又去應徵了兩個工讀生的工作，都因爲不合適而失敗。煩悶的他無意中晃到了這個位於都市郊區的河堤邊，發現了漂亮的夕陽。

在拍攝夕陽的同時，他也將這些煩惱和苦悶暫時忘卻；夕陽慢慢的西沉，旁邊的大橋配上夕陽真的有說不出來的意境……

突然，在靠近河堤和大橋中間的地方，有一個人搖搖晃晃的拿著一大袋東西想從河堤走向大橋，沒想到那個人腳一滑！一大袋東西就這樣順著河堤的斜坡滾到河堤下方……

這一幕剛剛好就讓元杰拍了下來。

「咦？」元杰愣住了！移開相機怕是自己眼睛花了，看到那個跌倒的人爬起來想要走去河堤下方步道撿東西，卻又不小心跌倒滾下去還翻了好幾圈！他趕緊衝過去想看看那個人是否有受傷！

「喂！你沒事吧？」遠遠的看到那個人穿著白色衣服，似乎是個廚師制服。

「痛……好痛唷……」

元杰跑近看，發現對方是個穿著白色廚師制服的年輕女孩子！元杰隔著幾步距離問著：「妳還好吧？有沒有受傷？」

「我很好，沒有受傷……只是食物材料都滾出來了，袋子也破了……」女孩一臉困擾的將身旁的食材撿起來。

元杰看了看四散的食材……都是些胡蘿蔔、馬鈴薯、青菜之類的食材，還真的散得到處都是。他笑了一下，也一起幫忙撿著一邊說：「不要擔心，我來幫妳撿起來，先收集起來放在一個地方吧！」

「謝謝你！讓你幫忙真不好意思。」女孩靦腆的笑了笑，趕緊動手將食材撿起來。

「別客氣，小意思而已。」元杰微笑著說完後，動作迅速幫忙收拾著。

大概撿了十幾分鐘後，總算將食材都整理好了。

「哇！真的太棒了。」女孩開心的說完後，又露出了困惑的表情。「可是沒有東西裝，可能要走到有商店的地方再買一個袋子了……」女孩看著那一堆食材很煩惱的樣子。

元杰笑了一下，將自己後面揹的背包取下拿到女孩面前說：「如果不嫌棄的話，我這背袋還蠻堅固的，先拿去用吧！」元杰邊說，邊將背包內的東西取出來：幾本書、幾個攝影小道具、資料夾、跟筆記本一本。

「這樣怎麼好意思呢……」女孩揮揮手想要拒絕，沒想到轉眼間元杰已經將空的背包拿到了她的面前。

「就別推辭了，反正我帶的東西很少，用手拿就可以了；反而是妳，這些都是料理的食材，不要在這邊放太久，太陽都快下山了。」元杰說完，將背包放下後將食材一一放進背包內。

「啊！真的很謝謝你！」女孩和元杰將食材都放進背包，放不進去的幾顆馬鈴薯她就拿在手上。

女孩對元杰笑著說：「謝謝你的背包，真的太感謝你了呢！」這時候女孩突然像是想到了什麼，微笑著說：「我的名字是紫愿，紫色的『紫』、原心『愿』！請問你的名字呢？」

「我的名字是元杰。」

元杰這時候才仔細看眼前的年輕女孩紫愿，雖然戴著像是廚師帽的帽子，卻還是藏不住她一頭柔順的亮粉紅色頭髮、在夕陽下更是漂亮；大大又可愛的眼睛配上清秀的五官，聲音也是一整個甜美；身形雖然有點嬌小，卻又能從整體感受到對方滿滿的活力！

真是個可愛又漂亮的美女呀！

「元杰嗎？」紫愿用大大的眼睛看著元杰，元杰被這樣一看反而不好意思，臉紅紅的問著：「怎、怎麼了嗎？」

「也沒什麼，碰到了好心人很有興趣而已。」紫愿微笑著說：「今天真的謝謝你，因為要整理食材真的很忙，好在你的幫忙我才……啊！」話還沒說完，突然緊張的大叫了一聲：「慘了！拖太久時間了！今晚還有客人預約啊！」

元杰心想紫愿應該是在趕著要去打工，所以催促著說：「是嗎？那妳快點回去吧！背包以後再還給我沒關係。」

「真的真的很抱歉，這個給你。」紫愿手忙腳亂的不讓馬鈴薯掉下去，又很勉強的從口袋中抽出一張名片說：「這張名片給你，我要趕時間，明天中午以前到這個住址來好嗎？我再把背包還給你。」

「不用急啦……背包而已。」

「等等，你是不是在找工作嗎？」紫愿突然這樣問道。

「咦？妳怎麼知道？」元杰一臉疑惑的問著。

「你剛剛不是把背包的東西拿出來嗎？那時候我有看到求職履歷表。」

「嗯！原來如此，那時候妳看到了啊！所以呢？妳有打工的工作要介紹給我嗎？」元杰好奇的問著。

「對啊！像你這樣熱心的人不多了，你明天來這個住址，我介紹工作給你！」紫愿微笑著說完後，又緊張的喊著：「啊！又不小心聊過頭了！我真的要快點走了！」隨即小跑步跑向大橋轉角，邊回過頭叮嚀著：「明天中午我等你喔！一定要來唷！」

元杰愣了一下，追過去喊著：「等一下！什麼工作啊……」

橋上已經沒有人了，只剩下元杰自己一個人站在大橋的入口。

「奇怪……怎麼會這樣？人一下子就不見了。」元杰搔搔頭，邊拿起放在河堤旁的書本和雜物慢慢走回去，他這時候才拿起名片看著。

上面寫著一個很偏僻的住址，旁邊寫著「ASA.M.NO.7」。

元杰一個一個英文字母唸著：「『ASA.M.NO.7』？這是店名嗎？是餐廳還是居酒屋嗎？」

元杰完全不知道，接下來他前往的地方，將是一個全新的世界……

目錄 CONTENTS

■第一章・台灣食堂

隔天中午，元杰依照約定來到了這個偏僻的住址；眼前是一個灰灰暗暗不起眼的一棟老房子，在這種都市郊區，這樣的房子一點也無法引起人注意；要不是門牌旁邊有個小型的「ASA.M.NO.1-12」招牌，他一定以為來到了廢棄屋門口。

「是這裡嗎？」元杰再次拿出名片確定，上面的住址並沒有錯，他小心翼翼的伸手推開這棟灰暗建築的大門，朝裡面探望著。

「請問，有人在嗎？」

元杰小聲的問完，走進了大門內，裡面灰灰暗暗的，感覺沒有人在；雖然燈光昏暗沒有什麼生氣，但是感覺起來還是挺乾淨的。

「請問有什麼事情嗎？」突然背後傳來一個低沉的男性聲音。

「哇！」元杰快速轉過頭，發現是一個身材高大、穿著黑色西裝的魁梧男性正瞪著自己看，元杰趕緊解釋著：「我是一位叫紫愿的年輕女孩子介紹來的，聽說這裡有打工機會！」

「打工？」對方惡狠狠的說著：「你找錯了，這裡不是你該來的地方，給我滾回去！」

「哇！」元杰嚇了一大跳，手中的名片不小心飄落在地上。

對方把掉在地上的名片，撿起來仔細的看了一下，突然露出笑容說：「原來你有名片，早一點拿出來給我不就可以了。」接著畢恭畢敬的鞠躬，柔和的說著：「是七號街吧？我馬上爲您聯繫。」魁梧男性說完後便走到了後方的吧檯內，拿起了一個古老的電話像是在通話著。

元杰定下神來環顧了四周的環境，發現像是很破舊又古老的小旅社，在櫃台方向只有那位男性一人外，周圍也只有放幾張椅子和破舊的畫，基本上裝潢乏善可陳；只有在稍微裡面一點，有一個鐵製的舊式電梯。

那種舊式電梯是要用手轉來控制的老電梯，進去還要拉鐵門。在元杰看得有些糊裡糊塗時，對方已經走到了元杰面前。

「讓您久等了，紫愿小姐在七號街等您，請跟我來。」男子將名片還給元杰後領著他，來到了舊式電梯前將鐵門拉開，走進舊式電梯按了幾下按鈕後走出電梯。

「請進，直接進去就可以了。」男子很有禮貌的請元杰進去舊式電梯。

說真的，元杰這時候開始害怕了……完全不知道要做什麼工作，也不知道紫愿小姐的來歷，接下來會發生什麼事情更是個未知數；如果一進去就被挖走腎臟或是被殺死怎麼辦？又萬一實際上是詐騙集團，等等上去就會被綁票？又更可能是非法集團，等等自己要被賣到國外去了！

「請進吧！紫愿小姐已經在七號街等您了。」男子打斷了元杰的妄想，再次催促著。

該進去嗎？還是乾脆趕快轉過頭跑出這個怪地方！元杰看了看男子，又看了看手上的名片，然後想到了紫愿小姐那個可愛的模樣……

算了！就進去吧！元杰牙一咬，鼓起勇氣快速的走進電梯內！

對方將鐵門拉起來，「叮！」的一聲舊式電梯慢慢的往上運行……

電梯慢慢的往上，似乎也將心中不安的情緒慢慢的升高，元杰只能猛盯著上升的電梯數字看著，直到數字七，電梯停了下來。

「到七樓了嗎？」元杰緊張又好奇的拉開了電梯的鐵門，走到了七樓內。

眼前的七樓景象讓他整個愣住了！

那裡居然有一條乾淨寬敞但卻充滿各種餐廳及商店的熱鬧商店街！

元杰往頭上看，發現上面是一個透明的天花板，隔著透明的天花板可以看到漂亮的蔚藍天空，同時整條商店街的溫度控制得也很舒服，不冷不熱讓人心情非常愉快。

元杰仔細看四周有各國各種的點心和美食，以及打扮的奇形怪狀的、看起來像是觀光客的人，還有各種怪異的商品和文字，以及不知名的道具和生物都在商店的櫥窗內展示著。

「嗨！元杰你來了呀！」從後方傳來甜美的聲音。

元杰回過頭看，發現是昨天相遇的紫愿！她正笑咪咪的看著元杰。

「這、這裡到底是？」元杰有些不敢置信的問著紫愿。

「你說這裡嗎？」紫愿微笑著說：「這裡是『亞細亞七號魔法美食街』！全

名是『Asia Magic NO.Seven』，通稱『第七號魔法街』！」

「魔法……七號？」元杰疑惑的看著紫愿問道：「是在舉辦什麼活動嗎？魔法什麼的角色扮演？」

「才不是呢！」紫愿笑著搖搖頭。「這裡是位於人類世界和各種魔法世界或是異世界的通道，有各種專業魔法師或是修行中的魔法師會來這邊買東西或是吃東西的其中一條商店街。」紫愿邊說，邊用右手伸出大拇指和食指解釋：「是七號唷！是亞洲的第七條通道，內屬的商店街唷！」

「魔法什麼的實在太不切實際了！」元杰覺得這一切真的太莫名其妙了！大老遠把自己叫過來，根本是在耍人嘛！元杰轉過身想要離開，卻不慎撞到了人！

「啊！對不起……」元杰道歉還沒說完，卻已經傻了眼了。

眼前被自己撞到的人，足足有三層樓那麼高！最讓元杰傻眼的，是這個人全身是綠色皮膚、臉上只有一個眼睛，正惡狠狠的瞪著他！

「哇！怪物啊！」元杰腿一軟，向後跌倒坐在地上！兩眼發直的看著眼前的綠色獨眼巨人！

「說怪物太失禮了喔！」從獨眼巨人的肩膀上慢慢飄浮過來一個非常矮小的老人，大概只有五十公分高，飄浮到了他的眼前。「年輕人沒見過世面就說人怪物！太過份了喔！這位獨眼巨人小姐是我的朋友，再胡說八道就把你變成小矮人！」老人拿了一根木頭楞杖，敲了一下元杰的頭！

「嗚！」元杰被突然敲了一下頭，痛得他邊摸著頭邊看著老人。

紫愿趕緊到老人面前道歉：「真的非常抱歉！他剛從人類世界過來，所以還不習慣，真的很對不起！」

「哼！所以我就說人類世界的人類真的眼光很狹隘！」老人不太高興的撇過頭去，這時綠色皮膚的獨眼巨人和老人說了幾句話，老人又悶哼了一聲飄回獨眼巨人肩膀上。

「真的很抱歉唷！」紫愿再一次的道歉，轉過身扶起元杰問：「你沒事吧？有沒有受傷呢？」

「我沒事……」元杰仍然看著獨眼巨人，雖然自己沒有受傷，但是眼前的巨人實在太有魄力，讓元杰看傻了眼。

獨眼巨人再次和自己肩膀上的小老人說了幾句話後，老人悶哼了一聲轉過身背對著元杰和紫愿兩人；獨眼巨人從自己的身上拿出了一張很小很小的紙劵，蹲下來示意要送給元杰。

「什麼？怎麼了？」元杰有點嚇傻了。

老人背對著元杰，不太高興的喊著：「喬妮亞說要送給你！為了不小心嚇到你而表示一點歉意！」

「謝謝……」元杰傻傻的收下，繼續看著叫作喬妮亞的獨眼巨人。

獨眼巨人笑著點點頭，慢慢離開元杰和紫愿兩個人；老人則是對著兩人扮了一個鬼臉，又悶哼了一聲轉過身不願意見到兩人，和獨眼巨人慢慢的離開了。

元杰看了看四周，真的各種怪人都有……有長得像是外星生物的人、或是擁有三頭六臂看起來像是魔物或是神話人物的傢伙，甚至還有天使和惡魔正在一起逛街聊天。

元杰看得目瞪口呆，轉過頭看著紫愿。

「我……是不是在作夢？」元杰呆呆的看著紫愿。

紫愿又笑了一聲，微笑著說：「你沒有在作夢，這裡真的是魔法世界，在人類世界或許很不可思議，但是實際上這是真實存在的。」

「那麼……妳也是什麼外星人？或是什麼天使惡魔之類的嗎？」元杰有點怕怕的指著紫愿。

紫愿皺起眉頭嘟起嘴巴，有點不太開心的說：「你真的很失禮耶！我和你一樣都是來自於人類世界的人類！而且我和你一樣都是台灣出生的！」紫愿有點生氣的交叉著手臂，嘟著嘴巴撇過頭去。

「啊……真的很抱歉。」元杰鬆了一口氣，好在紫愿是人類，不然元杰恐怕想要拔腿就逃了！元杰問著紫愿：「那妳既然是人類，在這邊做什麼呢？」

「我嗎？」紫愿突然開朗起來，大聲的說著：「我家是在這條七號魔法商店街中，唯一的『台灣食堂』哦！專門提供料理給疲憊又飢餓的客人來填飽肚子的！」紫愿神氣的說著：「我家的『台灣食堂』很有名氣唷！提供各式好吃又健康的台灣料理或點心給客人吃，還有很多人慕名而來呢！……可是……」紫愿邊說，臉上又露出了失望的表情。

「怎麼了？」元杰好奇的問著：「怎麼說一說，表情就變了呢？」

「沒事。」紫愿搖搖頭，抬起頭來換了一個笑容問著元杰：「這裡說話不方便，要來我家的台灣食堂看看嗎？」

「好……」滿肚子疑問的元杰，就跟在紫愿的身後一起前往紫愿口中的台灣食堂。

＊　＊　＊

「就是這邊了！」紫愿開心的打開了台灣食堂的門，元杰跟著紫愿走了進去。

食堂內的擺設很古色古香，是用木頭刻製的木桌和木椅；在開放式的廚房前，有一排吧檯的椅子可以坐著，這種擺設很像是日本料理吃壽司的店，可以直接坐在廚師面前點餐。

而在食堂的大廳上，掛著一塊木頭匾額，上面寫著『食飽好地方』。

元杰看著木頭上的字笑了出來：「果然台灣風味十足啊！」

「是呀！」紫愿微笑著看著木頭匾額說：「這間食堂是我父親和母親開的，

大概在我還沒出生的時候，他們都是年輕的魔法師，後來他們相戀之後就一起合開了這間台灣食堂，也成爲七號魔法街中大家口耳相傳的名店唷！」

「這樣很棒呀！」元杰邊說邊看了食堂的內部，發現確實有幾張獎狀或是獎盃，代表這間台灣食堂曾經輝煌過；可是，元杰再仔細的觀察了一下，現在這間台灣食堂幾乎沒有生意，明明是午餐時間，卻一個客人也沒有。

「那麼現在這間食堂還是由妳的父母親經營嗎？」

「現在……」紫愿邊哽咽邊說著：「現在只剩我一個人在這間店內了！沒有幫手也沒有客人，我快要撐不下去了！」紫愿說完後嘆息著。

「那妳父母親呢？他們不是很資深的魔法師嗎？」元杰越問越糊塗了。

紫愿哽咽的說：「三年前的某一天起床……我父母親和我說：『小紫愿，爸爸媽媽要去挑戰『銀河飛龍異世界冒險賽』了喔！』他們說完出發後，聽說宇宙列車就失聯了……那個比賽最後也關閉了異世界的大門，他們就再也沒有回來了……而這三年中，我也把食堂經營到快倒閉的命運……」

「這、這樣啊……」元杰低下頭忍著笑意，如果不是相信這裡是魔法世界又看到紫愿那麼傷心，元杰一定大聲的笑出來……如此滑稽又誇張的理由，元杰還是第一次聽到！

「嗚嗚嗚……」紫愿似乎真的很傷心，這讓元杰不曉得該怎麼辦。

元杰嘆了一口氣後說：「那麼，接下來，妳想怎麼做呢？妳說的工作，難道是在這邊打工嗎？」

紫愿將眼角的眼淚擦乾，眼神堅定的說：「再過一個月就要舉辦『七號魔法街年度魔法美食大賽』，我希望能夠參加那個比賽，一方面宣傳台灣食堂、另一方面也要將台灣食堂的名聲重新振作！」

「所以，所謂的工作，就是協助妳去參加比賽並且得獎嗎？」

「嗯！只要能夠拿下冠軍，一定可以招攬很多客人的！」紫愿回答著。

元杰覺得有些不太實際，想要勸勸紫愿。「比賽嗎……那個希望很飄渺的，要做些實際的打算，不能把這個當作妳的目標……」

「不！我一定要試試看！」紫愿仍然堅決的說：「以前我的父母親就多次獲得第一名，我也希望能夠跟上父母親的腳步！」

「第一名真的很難……」元杰還想說些什麼勸勸紫愿，但發現她的表情很不開心……元杰突然發現這樣的情況，和兩年前的自己多麼的相似！

＊　＊　＊

「我一定要學攝影！我不要去讀什麼管理學系或繼承爸爸的公司！我自己的人生我要自己掌握！」

元杰的父母親擁有一流企業，希望元杰可以選擇管理學系，今後可以繼承公司當上第二代老闆；但是當元杰高中畢業後，卻對攝影拍照有著極大的興趣，執意要去就讀某間有攝影相關學系的大學。

元杰的父親很嚴肅的對元杰說：「讀攝影對於公司的管理沒有用處！今後幫忙我管理這個企業王國，比你去外面找工作實際多了！」

「是呀！聽你父親的話，你父親很辛苦、很辛苦才有了今天的事業，在外面找工作真的沒有很多錢的。」元杰的母親也很溫柔的勸著元杰。

「人生沒有朝自己的夢想前進，那有什麼意義！」元杰不顧家裡反對，還是在幾天之後離開了家裡，開始追尋自己的夢想。

一點也沒有後悔，再苦的生活元杰都努力堅持！就這樣過了兩年，無論家裡如何苦勸，元杰也都沒有動搖。

阻止自己去追尋夢想，除了有說不出來的不被信任感外，更多的是希望別人認同自己的夢想。

＊　＊　＊

而現在，自己也正要給紫愿這樣的感覺，還有必要繼續說下去嗎？

元杰輕輕嘆了口氣，對著紫愿笑笑的說：「我知道了，我就來幫忙妳吧！」

紫愿聽元杰說肯幫忙，臉上的笑容瞬間都展開了！

「真的嗎？太好了！」紫愿非常開心的說：「魔法師或是其他種族的打工者我實在請不起，如果要請其他人類我又很擔心他們會把魔法商店街的事拿去人類世界大肆宣染……真的謝謝你。」

看著紫愿這樣用漂亮的大眼睛看自己，元杰害羞的撇過頭去，小聲的說：「也沒什麼了不起啦……我只是想幫忙妳而已。我不會料理和魔法，只能幫幫一些小事情而已，而且我也有大學課程要上。」

「有這樣的心，我就很感激了！」紫愿很開心的對元杰笑著。「對了，關於薪水，你看這樣可以嗎？」

紫愿在一張紙上寫著一個數字，然後給元杰看了一下。

「喔！這樣的打工金額啊！似乎有點偏低了點……不過沒有關係啦！我就當作是幫妳嘍！只要能先讓我付房租就可以了。」元杰看了那個數字，有點小失望。

「啊！我忘記說了。」紫愿在數字旁邊寫著「Ruby Crystal」，邊解釋：「這裡使用的單位是『紅寶石水晶』，雖然和一般人類世界的貨幣不同，但是還是可以換成人類世界的錢幣的。」

「紅寶石水晶？好饒舌啊！」元杰第一次聽到貨幣單位是用紅寶石水晶來當名稱的，總感覺不太習慣。

「該怎麼說呢！」紫愿想了一下，緩緩的說：「當初在創造這個魔法商店街系統概念的時候，創立的五大長老魔法師一致決定，由魔法師很好的魔法媒介『紅寶石』所提煉出來的水晶來當作統一貨幣，因此就定下來『紅寶石水晶─Ruby Crystal』來當作統一貨幣；除了魔法的媒介之外，這種紅寶石水晶也可以在人類世界賣出好價錢，所以這一百多年來也就延用這個系統了。」

「咦?魔法商店街有一百多年的歷史了?」元杰有點不可置信的問著。

「實際上更久了呢!從魔法名詞出現在人類歷史上就存在了魔法世界的買賣，從稀有的魔法媒介、道具到珍貴的魔法師裝備等等，很久很久以前就有了；現在我們所在的魔法商店街是近期長老魔法師們創立的系統，也因爲這樣推廣系統化，讓我們人類魔法師的世界更加發達了呢！」紫愿邊說明，邊從椅子上站了起來。

「剛剛那位獨眼巨人小姐不是有給你一張紙券嗎?」

「有，在我的口袋裡面。」元杰拿出來，紙券上面寫著密密麻麻看不懂的文字，但是在中間處有標明著數字「五十」。

「那張是魔法商店街的商品兌換券，面額是五十紅寶石水晶，也可以簡稱五十RC，你把那張兌換券給我。」紫愿將兌換券收下，交給了元杰一張印有紅寶石水晶的紙鈔。「我們商家可以拿兌換券向商店街兌換，而一般人使用的則是魔法世界的統一貨幣。這是五十RC，你可以拿去『兌換所』兌換成爲人類世界的貨幣，記得要跟換的人員說你要換哪一個國家的貨幣。」

元杰拿著五十RC的紙鈔，問紫愿：「『兌換所』在哪？」

紫愿走到台灣食堂的大門口，走出自動門指著右邊說：「往我們台灣食堂出去右邊有個紅寶石標誌的，就是『兌換所』，你直接走進去兌換就可以了。」

「五十RC可以換多少錢呢？」元杰邊走出大門邊自言自語著。兌換所離台灣食堂並不遠，走幾步路就可以到了，大約過了幾分鐘，元杰慌慌張張的跑回到台灣食堂內的紫愿面前！

「紫愿！」元杰看得出來非常得驚訝！滿臉慌慌張張的。

紫愿原本在擦拭餐具，看元杰這麼緊張趕緊放下一個大碗問：「怎麼慌慌張張的？怎麼了嗎？」

「怎麼……」因爲剛才跑步跑太快，元杰有點喘不過氣。元杰拿起了五張一千元新台幣說：「怎麼五十RC，可以換到新台幣五千元！難道是一比一百嗎？」

「原來是說幣值呀！」紫愿繼續拿起大碗擦拭著。「現在是一比一百嗎？以前還更高的說。」

「那麼！」元杰緊張的說：「妳寫給我的薪水價格，不是很便宜的打工價格，而是要再乘以一百嘍？」元杰非常緊張，因爲換算成新台幣的話這可以說是很高的薪水了！

「嗯！當然是呀！」紫愿放下了大碗，微笑的問著元杰：「那麼，你願意來幫我的忙，讓我順利參加一個月後的比賽嗎？」

「好！我願意！」這麼高的薪水，再加上是迷人漂亮的紫愿，這麼好的工作要去那裡找呢？

「嗯！謝謝你！」紫愿笑了笑，伸出雙手形成抱球的動作後小聲說：「那麼，我們來訂立工作契約吧！」

突然紫愿的雙手發出一點小光芒，跑出了一張羊皮紙和一支看起來像是鵝毛的羽毛筆！

元杰有點訝異的問：「工作契約？」仔細看了看，羊皮紙上寫滿密密麻麻的字體，內容是什麼元杰無法確定，不禁懷疑的問：「看起來怪可怕的，會將我的靈魂收走嗎？」

「才不是呢！」紫愿嘟著嘴，隨即又微笑著說：「這裡主要的規定大概只有三點。」

第一、簽約人不得擅自向人類世界洩漏魔法街的消息，否則會受到嚴厲的處罰。

第二、簽約人絕對不可以擅自在人類世界使用魔法界的物品。

第三、如果簽約人違反約定，簽訂契約的商家也要受到嚴厲處罰。

「所謂嚴厲的處罰是?罰錢嗎?」元杰好奇的問著紫愿。

「嚴格的處罰啊……」紫愿想了一下，平靜的說：「大概就是賣到『外星球或是巫師巫婆家當奴隸』、『變成一條公用廁所的抹布』或是『變成不死人關在監獄一千年』之類的處罰。」

元杰滿頭大汗的說：「聽起來好慘。」

「只要不要違反規定就可以啦！」紫愿微笑的看著元杰。

元杰看了看羊皮契約書，又看了看可愛的紫愿……原本應該很可怕的，但是看到紫愿這麼可愛，只要不違反契約就沒有什麼好可怕的嘛！元杰鼓起勇氣，用鵝毛筆在羊皮紙上寫下了自己的名字。

羊皮紙和鵝毛筆發出一道光芒！接著小聲發出「砰」的聲音，變成了一張銅色的卡片，飄落在元杰手上；銅色卡片上有元杰的名字，還有契約日期和台灣食堂的名字。

紫愿兩手交握，開心的放在胸前說：「恭喜你！你會第一樣魔法了！」

「魔法？」元杰好奇的看著卡片，並不覺得有什麼不同。

「這種識別卡，凡是進出人類世界的出入口、或是參加活動又或者是碰到魔法街委員會要求出示證件時都會用到。你只要喊一聲『收起卡片』，卡片就會消失收在你的精神世界內，喊一聲『出示卡片』就會出現了。」

「這樣啊……」元杰喊了一聲：「收起卡片！」銅色的卡片突然就消失不見了！元杰看了一眼紫愿，紫愿微笑對著元杰點點頭，元杰又喊了一次：「出示卡片！」卡片又出現在元杰的右手上。

「記得喊『收起卡片』和『出示卡片』都要專心想著卡片唷！不然無意識亂喊是沒有意義的，任何魔法的使用都需要專心一志才行。」紫愿邊說，邊讓自己的卡片出現又消失、消失又出現，但是卻沒有發出任何聲音。「只要專心一志，不喊也沒有關係的。」

「喔……」元杰看著銅色識別卡片，覺得真的很不可思議。

「說了好多話，肚子應該餓了吧？」紫愿笑笑的對元杰說完，走到了開放式的廚房內，問吧檯坐位前的元杰：「想吃什麼呢？這一餐我請你。」

「啊……都可以。」元杰在吧檯前坐了下來，看著紫愿說：「需要幫忙嗎？」

「不用，我就做給你吃看看吧！」紫愿圍上圍裙，戴上可愛的廚師帽說：「那我就做我從小就愛吃的『擔仔麵』。」

「台南名產嗎？」

紫愿微笑著說：「嗯！」紫愿開心的做著料理，完全不使用魔法，很樸實用心的開始料理起來；煮麵、配上滷好的肉燥、又香又新鮮的蔬菜……元杰安安靜靜的看著紫愿有節奏的忙進忙出，紫愿從頭到尾都保持著愉快的笑容。

原先元杰以爲變個魔法就會跑出料理來，結果卻是欣賞到紫愿輕巧愉快的製作料理；雖然等了一小段時間，但是他卻很高興。

看著紫愿這樣用心的製作料理，真的是一種享受；元杰忍不住拿起了相機拍了幾張紫愿專注神情料理的照片，相片中的紫愿真的非常迷人。

「來！這是我特製的擔仔麵唷！」紫愿將擔仔麵放到了元杰面前說：「嚐嚐看！看看喜不喜歡，還有相機不要再玩嘍！專心吃麵。」紫愿將元杰的相機放在吧檯桌子上，遞上筷子給他。

看起來很有彈性的麵，配上熬煮得很夠味的肉燥淋在麵上，配上少許香菜和豆芽菜；香噴噴的湯汁淋上一小匙，最後放上了一隻煮好的Q彈蝦子。

光看就感覺很美味，真的是很好吃的樣子！

「好，謝謝，我開動了。」元杰拿起了筷子，忍不住先吞了一口口水；接著攪拌均勻肉燥後，聞了聞擔仔麵的香氣……濃郁又強烈的香味，讓元杰整個精神都

來了！元杰看了一眼紫愿，原本認為紫愿那麼年輕的女孩子，怎麼可能會有那麼好的手藝？現在看來，真的是太小看她了，先吃看看再說吧！元杰夾起少許的麵條，放入口中。

麵條不爛又有彈性和咬勁，直接讓牙齒和舌頭得到了大大的滿足！香菜和肉燥的配合更是恰到好處！香菜的爽口讓濃郁的肉燥吃起來不會太過油膩，反而讓香菜和豆芽菜以及麵條等口味融合在一起，真的是每一口都是享受！元杰不知不覺的大口吃了起來，『吃巧不吃飽』的諺語彷彿已經忘記了！

最後的蝦子吃完後，元杰喝下了最後一口湯，大聲的讚美：「哈啊——真的太好吃了！」放下碗筷的元杰，這時才注意到自己的吃相似乎有點誇張了。

「嘻嘻！」紫愿小聲的笑了笑，似乎很滿意元杰這樣的反應。「好吃嗎？這是我從小最愛吃的擔仔麵唷！我爸爸小時候都會做給我吃。」

這時元杰看了看牆上的時鐘，轉過頭看著紫愿好奇的問：「看妳做料理的時候，似乎都沒有用魔法，光料理就花了快十分鐘……難道不能像電視或卡通那樣，變一下就出來了嗎？」

「我有用魔法唷！」紫愿笑了笑，看著元杰說：「我的魔法，就是用在料理上的最強魔法——『用心做好每一道料理』。」

看著紫愿的笑容，元杰也微笑著點點頭。

這場比賽，一定要全力以赴！這樣的美食，或許真的有可能拿冠軍！

第二章・御東堂料理店

在一個和式庭園中，被稱爲「鹿威脅」或「獅子威脅」的添水裝置，在水滿後、中空的竹筒往石頭敲下發出了清脆的聲音。

非常乾淨又豪華的和室中，一位年輕又漂亮的日本巫女正襟危坐跪坐在和室疊蓆的一個椅墊上，安靜的看著眼前的一個小老人；小老人穿著五件式、黑色羽毛的高級日本和服，衣服上印有「東門寺」的家徽，頭上頂著一個大光頭；從華麗的服裝和小老人的氣勢看來，小老人的來歷不凡。

小老人吃了一口桌上懷石料理的生魚片後，看著眼前的日本巫女，眼神瞬間變得異常的銳利。

「櫻花，這一次的『七號魔法街年度魔法美食大賽』，是否已經準備妥當了？」小老人雖然矮小，但說話的聲音非常有精神，威嚴之中帶著神聖不可侵犯的感覺，讓人不自覺打從心中想要認真的答應。

被叫作櫻花的日本巫女，跪著深深的鞠躬後低著頭，平靜的回應：「是的，神元當家主。櫻花以自己的名譽保證，必定會拿下優勝。」

「絕對要拿下優勝。」神元當家主看著櫻花，非常嚴肅的說：「這一次御許（意指眼前的櫻花）要將獲勝的料理，在下一次的『神嚐祭』獻給『桃華』家；無法拿出最好的料理，余（指的是神元當家主的自稱）和東門寺的榮耀將會蕩然無存。」

「桃華家？是指那個五公家的桃華家？」櫻花看起來有些震驚。

神元當家主將手上的紙扇用力敲向桌子！大聲說著：「御許的話太多了！」

「是！櫻花致上最高的歉意！」櫻花趕緊低下頭，不敢大意。

神元當家主眼睛炯炯有神的看著櫻花說：「本來，這項重要的工作，余不可能指派庶流的御許，但是宗家沒有一個像御許那麼出色的；只要御許完成這項重要的工作，就算是庶流的御許，也是可以特別許可進入宗家的。」

「非常誠心感謝神元當家主。」櫻花畢恭畢敬低著頭回答著。

「御許的庶流父親在幾十年前就在七號魔法街創立了『御東堂料理店』，和那邊的商家展開了多年的競爭，雖然常獲優勝冠軍，但是卻仍然有幾次敗給『台灣食堂』，台灣食堂已經兩年沒參賽了，今年報名比賽由那個第二代小娘代表參加，御許必定要在比賽上擊倒對方。」

「承知。神元當家主。」

神元當家主用紙扇指著櫻花說：「可以了，御許退下吧！」

「是的，櫻花必定會拿下優勝。」櫻花行了禮、低著頭站起身，慢慢的退向紙門後離開。

櫻花退出和室後，開始走向了長長的長廊，在長廊的盡頭，有一位濃眉大眼的中年男子跪在一個椅墊上正襟危坐著。

櫻花走向中年男子，雙手扶起中年男子說：「真的很抱歉，讓父親大人您久等了……站得起身嗎？」

「啊、啊！父親身體大不如從前了，似乎站得不太穩啊！真是抱歉。」櫻花的父親滿臉歉意的說完後，輕聲的問：「當家主大人有什麼吩咐嗎？」

櫻花邊扶著父親，兩人慢慢的走向另一個長廊，邊說：「當家主說，這次比賽的優勝料理，要在『神嚐祭』中獻給『桃華家』。」

櫻花的父親驚訝的說：「桃華家？難道是……」話還沒說完，櫻花用右手食指放在父親的嘴唇上，面無表情的搖搖頭，示意父親不要再說下去。

「啊……好像太多嘴了。」櫻花的父親在櫻花的攙扶下，慢慢的走著。

櫻花繼續小聲的說：「還有，當家主說台灣食堂的第二代小老闆紫愿，會參加比賽。」

「台灣食堂？」櫻花的父親愣了一下，接著開心的笑著說：「啊……真是懷念。從兩年前開始台灣食堂就沒有再參賽，第一代夫妻不知去向；雖然說只有幾次我在比賽中敗給他們，但是他們的料理真的很好吃，是我很敬佩的對手。」櫻花的父親看向櫻花說：「我的身體已經大不如從前了，剛好這一次是那個第二代紫愿參賽，櫻花妳就代替父親我擊敗台灣食堂吧！」

「承知，櫻花必定會獲得優勝。」櫻花邊扶著父親，邊看向日本庭園；日本庭園在月光的照耀下，顯得格外的幽靜。

身為東門寺庶家的櫻花，無法擁有高貴的名字，只能以『櫻花』這樣庶人的名字來擔任東門寺豪族的巫女工作。接受各種祭祀和神舞訓練後，再送往東門寺專門培育魔法人才的地方受訓；雖然櫻花從小頭腦就非常好，魔法能力也很優秀，卻因爲是分家的血脈，一直以來都只能擔任不是很重要的祭祀輔助工作。直到父親和母親到了七號魔法商店街去經營御東堂料理店，櫻花的才能才慢慢得顯露出來。

高超的料理技術加上優秀的魔法能力，在短短的幾年就表現出比父親還要優秀的才能。從兩年前的比賽開始，櫻花就代替健康已經大不如前的父親開始經營料理店和參賽；高明的經營手腕和聰明的才智，讓御東堂料理店的名聲越來越響亮。

原本不受東門寺宗家重視的御東堂料理店，也讓神元當家主這次破例招來櫻花，告知將在神嚐祭中獻出優勝料理給五公家之一『桃華家』的資訊。

這樣的重責大任突然落在只有二十二歲的年輕巫女櫻花的肩膀上。是否能夠讓庶流分家的父親和自己揚眉吐氣，只能看這一次的機會了。

櫻花看著夜空的月亮小聲的說：「月色，很美麗。」

櫻花想到當年那個年輕的紫愿，真的擁有她父親和母親那樣優秀的能力嗎？

＊　＊　＊

元杰走到房間外的洗臉台前，開始梳洗著。

因爲紫愿的要求，元杰正式的搬進了台灣食堂三樓住宿的樓層，住在三樓的客房內。雖然說是客房，但是家具一應俱全，住起來還是很舒適。而且和紫愿這樣的年輕美女同住一個屋簷下，讓元杰難免有些心動。

「爲了能夠方便經營台灣食堂、準備比賽，元杰你就住進來我們台灣食堂的宿舍吧！」紫愿當時的請求，讓元杰又期待又害羞的住進去了所謂的宿舍，開始兩人的共同生活。

紫愿和紫愿父母親的房間位於四樓，而三樓元杰住的房間外，其餘幾間以放置食材或是物品居多，看來原先就是倉庫，只是紫愿整理乾淨了其中一間房間，讓元杰住了進來。

紫愿經過三樓，對著元杰開朗的說：「早安！等等我們來準備食材吧！」

「啊！早安，我立刻過去。」

「沒關係，準備好再下來吧！」紫愿對元杰微笑後，走到下面食堂去。

元杰用毛巾擦擦臉，看了一下時間自言自語：「離準備的時間還早了一個小時，紫愿真是認真呢！」元杰換好了乾淨的白色襯衫後，下去食堂和紫愿開始準備。

已經來幫忙一個星期了，元杰發現客人真的很少；除了晚上有幾個客人會吃點東西或是喝點小酒外，中午午餐時間真的一個客人都沒有；元杰吃過紫愿的料理，知道紫愿的料理並非不好吃，而且價格和其他餐廳相比也並不貴。

那麼，到底生意不佳的原因是什麼呢？

「謝謝惠顧！」紫愿禮貌的向一位中午來吃午餐的客人致謝，這位客人是固定一個月會來個兩、三次的見習魔法師，似乎很喜歡台灣食堂的麵食。

元杰走到了紫愿身邊，問紫愿：「客人真的很少，明明觀光客和行人很多啊？人都去哪裡吃飯了呢？」

「你應該還不知道吧？」紫愿走出了台灣食堂的自動門，走到了商店街上說：「你上次去兌換行是去右邊吧？你過來看看左邊。」紫愿伸出右手，示意要元杰過來看看。

「左邊？」元杰走出門口看向左邊，發現左邊的餐廳似乎也沒什麼人，好幾間餐廳甚至晚上才營業。

「如果說真的沒客人，只營業晚上會不會比較好？沒有人群也沒有辦法，這個不是紫愿妳能夠控制的……」

「先別這樣說，」紫愿看著元杰，指著左邊前方的轉角說：「跟我一起走過去吧！我讓你看看人群都去哪裡了。」

元杰跟著紫愿往前走，走到了轉角處，看到了眼前的景像眼睛都發亮了！人山人海的人群在一間餐廳的前面大排長龍！門口招呼客人的都是穿著漂亮乾淨制服的年輕女性服務生，親切又有禮貌的帶客人到餐廳內用餐。整間餐廳從一到五樓幾乎都是座無虛席，最上面的頂樓也有設置像是給獨眼巨人或是體型比較大型的種族在上面用餐的特殊座位。

客人排隊進去用餐的速度也不慢，時常看到客人剛坐下不到十秒，點的餐點已經完全出現在桌上，每個客人都開心的享用著自己想吃的餐點，看起來都帶著滿足的笑容。

餐點提供的時間內也有午間特餐，便宜的價格甚至比起台灣食堂更加的優惠，看午間特餐內容量也是可以自由搭配想吃的餐點，讓元杰看得目瞪口呆。

乾淨、有效率、聞起來又香，餐點看起來也很美味。

元杰抬起頭來，餐廳上面的招牌寫著「御東堂料理店」。

「這個人潮和這麼優秀的店面，我終於知道爲什麼附近的餐廳都沒有客人了。」元杰總算知道爲什麼一到午餐時間，台灣食堂前面沒有半個人的原因了。

紫愿輕輕拉起了元杰的右手說：「走吧！我們去吃看看你就知道了！」

「可以嗎?妳這身打扮……」元杰有點擔心，紫愿還穿著廚師服呢！

「別擔心！我就帶你去吃看看吧！」紫愿微笑著邊說邊將元杰拉進排隊的隊伍之中；過沒幾分鐘，隊伍就前進了許多。

元杰看到帶著滿足表情的客人一個一個出來，讚嘆說：「這個翻桌率也太快了吧?怎麼感覺客人都笑嘻嘻的呢?」

「那是因爲『御東堂』採取用完餐後，顧客還可以到旁邊的禮品店去購買土產或是紀念品，而且限定午餐時段去購買禮品的話可以享有折扣呢！」紫愿指著旁邊的禮品店，禮品店內有許多很可愛和很有特色的產品。

元杰點點頭說：「靠著限時優惠提升翻桌率，真的是不錯的策略呢！」

「歡迎光臨！兩位客人嗎？要先看看菜單嗎？」來了一個穿著御東堂料理店制服的年輕女服務生，擺出了甜美的笑容。

「來吧！看看有賣些什麼東西吧！」紫愿指著菜單，要元杰看看。

在點菜單中，除了各種日本拉麵、定食或是蓋飯之外，其他沾麵、炒麵類或是飯類、鍋物應有盡有；壽司和生魚片這種定番，更是被選為人氣商品前幾名！

「好豐富！難怪生意這麼好。」元杰忍不住的讚美著。

「這不是紫愿小姐嗎？」一個聲音從旁邊傳過來。

元杰轉過頭，發現是一位年輕又漂亮的日本巫女！滑順的長髮配上秀氣的臉龐，漂亮的五官透露出神聖又堅定的神情。

「那位不是『御東堂料理店』的第二代老闆櫻花大小姐嗎？」

「真的耶！好漂亮喔！」

排隊的人議論紛紛，目光都被穿著巫女服的櫻花大小姐吸引了！

「櫻花大小姐！」旁邊所有的服務生都一起向日本巫女鞠躬。

被稱爲櫻花大小姐的巫女，走到了紫愿面前，看了一眼元杰之後對紫愿說：「紫愿小姐好久不見，今天怎麼有空來？」櫻花的聲音非常的純淨，語調平靜又富有磁性，元杰感覺得出來這位櫻花大小姐是個很有修養的人。

紫愿右手放在頭後方，傻笑著說：「我肚子餓了，帶我新的助手元杰來櫻花大小姐您這邊吃午餐嘍！」

櫻花微笑著說：「那麼，紫愿小姐和元杰先生這邊請，到貴賓室我來招待你們吃飯吧！」櫻花說完，向旁邊的年輕女服務生招手指示：「去貴賓室整理一下，我要和紫愿小姐還有元杰先生聊一聊。」

「是的！櫻花大小姐！」年輕女服務生退到旁邊，似乎去準備了。

＊　＊　＊

「請稍等一下唷！」可愛又年輕的女服務生領著兩人來到了貴賓室。

紫愿和元杰看了看這間貴賓室，打掃得乾淨又明亮；貴賓室的中間放著一張很漂亮的黑色大理石桌，紫愿和元杰都坐下來等櫻花進來。

元杰隨意看了看說：「這裡算是五樓的後面吧？似乎平常不隨意開放的樣

子。」

「就說是貴賓室了呀！當然不會隨意開放。」紫愿邊說的同時，貴賓室的大門打開了，櫻花一個人走到了貴賓室內說：「讓紫愿小姐和元杰先生兩位久等了。」

「怎麼今天會想要找我們來貴賓室呢？」紫愿笑笑的問：「是想要問問我們台灣食堂比賽的策略嗎？」

「嘻！」櫻花笑了一聲，走到紫愿和元杰旁邊說：「當然不是，剛好相反，我是看到難得稀客來，想請紫愿小姐和元杰先生嚐一嚐現在御東堂的料理。今天兩位吃的東西，由我櫻花免費招待。」

「免費招待？」元杰有點開心，因為菜單上想吃的東西還不少。

「那有什麼推薦的嗎？我也好久沒吃櫻花大小姐妳的料理了。」紫愿笑著說：「就麻煩妳幫我們上菜吧！」

「承知。」櫻花揮舞一下巫女的長袖口，大聲的說：「出來吧！『櫻雲』！」櫻花喊完後，在櫻花巫女服長袖揮舞過的地方，出現了一大片的櫻花瓣，接著櫻花瓣瞬間變成一個料理台！

「哇！」突如其來的改變，讓元杰忍不住叫了出聲！

被稱爲『櫻雲』的料理台，總共由四張桌子和一個洗水槽以及一個魚缸所構成；淡淡粉紅色的顏色果然和櫻花瓣非常相像、亮麗又有著漂亮的造型，讓櫻花看起來氣勢完全不同！

「這是我最愛的料理台——『櫻雲』。」櫻花邊摸著料理台邊說：「櫻雲的意思取自於『櫻花盛開之時，遠看就像是白雲一樣』，所以這個料理台是我特別訂製的魔法料理台，在特定的場合我可以自由招喚使用。」

「真是方便，有這樣的魔法料理台。」紫愿點點頭說：「很適合妳，這樣的料理台真是漂亮。」

「不只是漂亮而已。」櫻花又揮舞了一下巫女服的長袖，元杰和紫愿的桌前出現了乾淨的餐具和熱茶。「請稍等一下，櫻花馬上爲兩位送上餐點。」

紫愿拿起茶杯邊喝邊說：「那我就慢慢喝茶，等櫻花大小姐的餐點吧！」在紫愿喝下第一口熱茶時，櫻花比出了一個手勢！

「起來！鯛魚！」話一說完，在水缸中的鯛魚瞬間飛起、櫻花舉起右手，瞬間比出九字真言『臨』的手印『普賢三摩耶印』後大喊：「『東門寺寒冰式刀法——雪裂』！」

浮在半空中的鯛魚、左右側兩邊的肉被漂亮的分成好幾塊！魚肉整齊的擺在漂亮的器皿上、旁邊還有早已經準備好的白蘿蔔絲；在下一秒鐘，鯛魚生魚片已經出現在元杰和紫愿的面前，而那條被切下肉的鯛魚則是瞬間恢復了傷口，體型變得很小一條，然後掉回水缸中！

「鯛魚不會受傷，櫻花只是讓牠的生命力變小，這隻鯛魚還是會再長大的。」櫻花邊說，那隻掉入水缸內的鯛魚發出了一道光芒，消失得無影無蹤了……櫻花接著說：「鯛魚已經回到了牠的棲息地，希望牠能平安長大。」

元杰看得目瞪口呆。才短短幾秒鐘，鯛魚生魚片已經在自己的面前完成；難道這就魔法的力量嗎？

櫻花禮貌的鞠躬後說著：「這是活鯛魚生魚片，請盡情享用。」

紫愿將茶杯放下，開心的說：「這不就是櫻花的父親最在行的生魚片魔法嗎？可以快速料理生魚片，並保留生魚片的美味；櫻花妳還使用出好高級的魔法，讓鯛魚不會死掉，真得太厲害了！」紫愿邊說，邊將一片生魚片放進嘴裡，用看起來好像很好吃的表情說：「好好吃唷！」

元杰也夾了一片生魚片，沾了一些芥末後放入口中。「唔……魚肉的彈性還完整的保留著，真的太好吃了！」

「是呀！真的太了不起了。」紫愿吃完生魚片，喝了一口熱茶後說：「用這種急凍的切片方式料理，不但可以保持新鮮度，還可以在一瞬間殺菌；切片擺盤也是一口可以吃下去的大小，簡直無可挑剔呢！」

櫻花淺淺的笑著說：「感謝褒獎，接下來櫻花再獻上其他料理。」緊接著無論是蓋飯還是拉麵，櫻花都用很優雅的姿勢和魔法，一道一道的做出來給元杰和紫愿……

＊　＊　＊

「謝謝惠顧！歡迎下次再來！」御東堂料理店的女服生們一起向紫愿和元杰鞠躬，每個服務生臉上充滿著迷人的笑容。

紫愿笑著說：「哇！好飽好飽！」邊說邊伸個懶腰。「嗯……櫻花的料理還是一樣的好吃！」

「真的很好吃。可是……」元杰擔心的看著紫愿說：「妳不是說要在料理比賽得到優勝嗎？櫻花大小姐也會參加不是嗎？」

紫愿點點頭笑著說：「是呀！自從幾年前爸爸最後一次得到『七號魔法街年度魔法美食大賽』的優勝後，就一直敗給御東堂料理店的第一代老闆；兩年前爸媽失蹤那一屆，剛好由櫻花來繼承御東堂料理店，這兩年生意蒸蒸日上呢！」

「看妳這樣悠閒的態度，真的有信心贏過櫻花大小姐嗎？」元杰擔心的問著。

會這樣問並不是沒有原因……在兩人接受完櫻花的款待後，櫻花問了紫愿比賽的問題，這讓元杰內心當下十分的震撼。

在不久前，兩人吃完飯後，櫻花開口問著紫愿。

「紫愿小姐，這一次比賽，櫻花有著不可以輸的理由。」櫻花看著紫愿，很認真的說：「令尊令堂的事情櫻花感到遺憾，但是櫻花絕對要拿到這一次的優勝。」

「嗯！」紫愿微笑的看著櫻花說：「我也有不能輸的理由，所以我絕對會在比賽上做出比妳更優秀的料理出來！」

櫻花微微的皺著眉頭，平靜的說：「御東堂料理店和台灣食堂，從櫻花很小的時候就在彼此競爭了；對於令尊和令堂的料理以及魔法技術，櫻花都深感佩服；不過台灣食堂的光芒已經不像從前那樣耀眼……雖然紫愿小姐的料理技術確實也很不錯。但是……」櫻花頓了頓，看著紫愿繼續說著。

「如果，紫愿小姐您願意的話，可以由櫻花代表御東堂料理店，來收購台灣食堂當作御東堂料理店的分店，當然我們御東堂料理店會聘請紫愿小姐來擔任我們御東堂料理店分店的店長。」櫻花說完，手中出現了一張票據，櫻花將票據遞向紫愿問道：「這樣的價格紫愿小姐參考看看如何？」

元杰偷偷瞄了一眼，眼睛都快脫窗了！那個價格再乘以一百，一般人可以退休逍遙玩樂一輩子了！

紫愿看了一眼票據，笑笑的嘆了一口氣說：「不愧是御東堂料理店的二代老闆，巫女櫻花大小姐呀！出的價格真的是很誇張呢！」紫愿用右手用力的壓著票據，把票據退回了櫻花面前。

「讓我們在料理比賽一較高下吧！」紫愿說完，站起身接著說：「謝謝招待！真的太好吃了！櫻花謝謝妳唷！元杰我們走吧！」

「請等一下。」櫻花站起身，對著紫愿說：「櫻花是誠心誠意的想要和台灣食堂合作，請紫愿小姐再考慮一下吧！」

紫愿回過頭看著櫻花，笑著說：「台灣食堂我不會賣的，因爲總有一天我會讓台灣食堂發揚光大，等著爸爸媽媽回來！」紫愿說完，轉過身走到門口，對櫻花說：「那麼比賽當天見吧！」說完背對著櫻花揮揮右手，走出了御東堂料理店。

從頭到尾看著的元杰，真的很擔心：一方面元杰幾乎沒看過紫愿用魔法來製作料理；另一方面紫愿每一次製作料理的時間都需要好幾十分鐘，雖然好吃，但是願意等的客人並不多。只有很少很少的客人願意和朋友邊聊天邊等，大部分的客人都寧可排隊去其他用魔法料理的餐廳去吃，排隊時間還比等製作料理的時間快呢！

「哇！御東堂料理店的土產和紀念品還真誇張啊！」紫愿邊看著禮品店，邊笑著說：「那是什麼？櫻花的人偶和公仔？還有寫真光碟片和巫女跳舞特輯耶！哇！高品質櫻花大小姐演唱會都有！真是太神奇了！」

看著紫愿這樣完全沒有壓力的樣子，讓元杰更加的擔心。元杰想起要離開貴賓室的那時候，櫻花在後面問了一個元杰也不曉得的問題。

「元杰先生，紫愿小姐這消失的兩年到底去了那裡？」

元杰驚訝的回過頭看著櫻花，搖搖頭表示不知道，接著快步的跟著紫愿走出了御東堂料理店。

紫愿消失了兩年？那麼這兩年紫愿到底是去做了什麼呢？元杰看著紫愿的背影，心中有滿滿的疑惑。

「哇！這是櫻花的簽名照耶！買一張回去射飛鏢吧！」紫愿邊說，還真的買了一張櫻花的簽名照。

看來紫愿好像很討厭櫻花的樣子。

第三章・七號魔法街

「嗯！真是太美味了。」一個有三個頭的客人拿著湯匙和筷子，將牛肉麵分成「牛肉」、「麵」、「湯」各別吃著，這樣的吃法讓元杰覺得很有意思。

「還是台灣食堂的牛肉麵好吃！」三頭客人將錢放在桌上後站起來說：「下次再來吃好吃的麵，謝謝啦！」

「謝謝啦！肉真的好吃！」

「謝謝啦！湯真的好喝！」

像是回音一樣，三頭客人邊稱讚著邊離開了台灣食堂。這位三頭客人常常在下午的時候過來吃牛肉麵，每一次都是分開著吃，也願意等紫愿當場製作料理。

「真的好特別喔！」元杰邊收拾著餐具，邊對著紫愿說著。

「是呀！三個頭可以這樣和平共處，真的是很特別的客人。」紫愿正在準備食材，沒有特別回應元杰。

「我不是說三頭很特別。」元杰將用過的餐具放到洗碗槽。「我是說分開著吃很特別，料理分開吃怎麼會有味道呢？感覺真的很奇怪。」

紫愿有點訝異的抬起頭看著元杰說：「原來是說分開著吃很奇怪呀！我還以爲你是說三個頭的客人很奇怪呢！」

「第一天就被獨眼巨人嚇到了……那天開始我對什麼奇怪的人都免疫了。」元杰邊洗碗，邊想著來到這邊打工已經兩個星期了；除了一開始的獨眼巨人、小矮人，還有許多像是動物星人、章魚星人、臉色死灰的魔法師、傀儡魔法師等等一堆奇形怪狀的人，甚至有的人類魔法師長得比外星人還怪。元杰真的已經見怪不怪，習慣了！

「不過說到將食物分開吃，似乎人類之中也有不少這種人呢！」紫愿想了一下，伸出左手手指頭數著說：「我認識的人之中就有不少人是把漢堡或是三明治分開著吃，至少有三、四個人吧！」

「唉……這麼多啊！」元杰將碗盤洗淨，用手擦著毛巾說：「我這學期的課程比較少，可是還是要上課，一星期有兩天或三天要去學校上課。」

「好，比賽那天沒問題吧？」紫愿邊熬著一鍋滷湯，邊問著。

「沒問題。但是我上課的那幾天妳一個人沒問題嗎？」元杰有點擔心的問。

紫愿邊攪拌著湯，邊對著元杰說：「別擔心，只要我先把每天要用的食材準備好，就不用擔心讓客人等太久了。」

「我一直有一個問題想要問……」元杰滿臉疑惑的問道：「爲什麼來的客人，每個客人的中文都那麼好？而且連那個櫻花大小姐的中文也好的超誇張的。」

「咦？」紫愿皺著眉頭嘟著嘴巴說：「你到現在都沒有發現啊……不是他們的中文好，是因爲這邊的語言沒有隔閡、彼此之間的對話都是透過心靈直接翻譯到彼此的腦海中的。」

元杰好奇的問：「好神奇喔！這也是魔法嗎？」

「你不知道『巴比倫塔』的故事嗎？」紫愿問著。

「『巴比倫塔』……」元杰想了一下，恍然大悟的說：「就是聖經的故事中，人類因爲傲慢而蓋起了挑戰造物主權威的高塔，而被處罰變成彼此語言不通，人類的語言因此不同的故事嗎？」

「是呀！」紫愿將湯的鍋子蓋起來，關成了小火。「這裡的魔法街是創立於各種異世界和時空的中間地帶，那項『傲慢的巴比倫制約』在這裡是起不了作用的。」

「真是神奇，有那麼多的祕密充斥在這條魔法街上。」元杰點點頭說。

紫愿也點點頭開玩笑說：「真是神奇，都來半個月了才發現這件事情。」

「嘖！我又不知道。」元杰想要抗議，卻看到紫愿的笑容就又算了。

紫愿最強的魔法，大概就是那個迷人的笑容吧……元杰心想。

＊　＊　＊

「元杰辛苦嘍！」紫愿邊將台灣食堂的大門鎖上，邊對著元杰說：「下班了，陪我去一個地方好嗎？」

元杰看了一下時間，已經是深夜十二點半。剛打掃完食堂，紫愿就拉著元杰走出台灣食堂大門。

到底要去那裡呢？莫非？紫愿想要找自己約會！元杰一想到這裡，有些臉紅心跳加速！

「走吧！我帶你去。」紫愿很自然的拉起元杰的手，慢慢朝另一個方向走去。突如其來的動作讓元杰有些飄飄然的，但是元杰還是很害羞，有些緊張的說：「那個……門只是簡單鎖上，應該不會有小偷吧？」

「別開玩笑了。」紫愿笑笑的說：「魔法街的治安很好，除了有科學的監視系統外，在每個魔法街的四周都有結界，只要有違法的舉動出現，就會啓動治安系統。」

元杰好奇的問著：「治安系統？」

「嗯！大概是數百個魔法師警衛會出動吧！小的時候我曾經看過一次，一個魔法師喝醉酒在發酒瘋，沒想到被數百個魔法師團團圍住，聽說被變成了蜉蝣了呢！哈哈！」紫愿說得很輕鬆，元杰聽了則是一股寒意湧上心頭，一瞬間臉紅心跳的感覺都消失了。

『紫愿的心裡好像只是把我當作助手而已吧！』元杰有點失望的想著。

這時紫愿停下腳步放開元杰的手說著：「到了唷！就是要帶你來這裡。」

元杰抬起頭看了一下。通常一過了晚餐時間，七號魔法美食街中心就幾乎沒有客人，四周圍的店家幾乎都熄燈休息了；而這裡位於七號魔法街的邊緣地帶，卻是完全不同的燈火通明！有賣各種食材和魔法道具外，人類世界新鮮的海產或是蔬菜在這邊也是應有盡有。

元杰轉過頭看著紫愿問：「這裡到底是？是魔法街的夜市嗎？」

「不算夜市啦！」紫愿邊說邊靠近一個攤子。「這裡算是『早市』吧！提供許多餐廳或是觀光客來這邊購買食材或是紀念品，許多好吃的人類世界食材在這邊也買的到唷！」紫愿說完，拿了一個像巴掌一樣大的蛤蜊起來看，邊嘟著嘴巴說：「哎唷！這麼大一個，你也會伸出舌頭舔鹽巴嗎？」

「蛤蜊會舔鹽巴嗎？」元杰知道紫愿在開玩笑，決定再看看四周圍；基本上各種生鮮食品或是食材都有販賣，和人類世界大同小異；只是環境的管理非常整潔，和許多人類世界的市場相比，更像是漂亮又高貴的百貨公司。

「哇！蛤蜊噴水了！」紫愿看著蛤蜊像是在鬧著玩時，元杰四處走來走去看著；遠遠的地方，看到了一個陰暗的角落，有許多人圍在那邊觀看，但是到底在看什麼，元杰遠遠的看不太清楚，一時的好奇心讓元杰走到了那個陰暗的角落。

「是什麼東西？」元杰擠過那些人群，走到看得到的地方。不看還沒關係，一看元杰嚇到了！

在那個陰暗的角落，有一個看起來極度噁心的傢伙：兩隻眼睛看起來像是爆出來的樣子外，全身乾乾扁扁的像極了骷髗頭一般；這傢伙手上拿了好幾個看起來像是「藍色人形」的水晶，正給圍觀的人看著。

「『梅莉絲水晶』……真正的『梅莉絲水晶』。」爆眼骷髗拿著藍色人形水晶，一個一個的給人看著。

一個蒙著面的魔法師大聲的問著：「是不是真的梅莉絲水晶啊！不要拿假貨騙人啊！」

「是不是真的……聽聽就知道。」爆眼骷髗拿起了一個比較大的藍色人形水晶靠近人群，一瞬間藍色水晶發出了淡淡的白色光芒。

「噗咚……」那是一種像是人類的心跳聲！

「唔！是真貨！」蒙面的魔法師小聲的喊了一聲：「你要賣多少？」

「骷骷骷……」爆眼骷髗發出難聽的笑聲。「這裡共有三個梅莉絲水晶，我要的不多，只要三百萬RC就可以了。」爆眼骷顱比出了「三」的手勢，現場一片騷動。

「這樣的價格，也太誇張了吧！」

「三百萬RC，可以買多少東西啊！」

元杰看大家這樣議論紛紛，也小聲的嘆了一口氣說：「三個會發出聲音的裝飾品也賣那麼貴，真是有夠愚蠢的。」元杰搖搖頭，想要轉過身離開人群。

「啪！」的一聲，元杰發現自己的喉嚨被人用力鎖住！

「你這人類的廢渣，你說什麼裝飾品？」原來是爆眼骷顱伸出右手，鎖住了元杰的喉嚨。「這是『梅莉絲水晶』，就算你鍊金鍊個一千年都不一定做的出來，你還敢胡言亂語？」爆眼骷顱越掐越緊，元杰想要掙脫卻一點力氣都使不上。

「區區一個人類也敢大言不慚！……我要把你化為血水……骷骷骷！」爆眼骷顱掐住元杰的右手發出了光芒，元杰突然感受到身體劇烈的疼痛。

「啊……住手……」元杰身體越來越痛，周圍的人卻不吭一聲的冷眼旁觀……

「溫德爾！你想在七號魔法街殺人嗎？」一個女性的聲音傳了過來。

爆眼骷顱放開了右手，轉過身去看；元杰瞬間跌坐在地，不停的咳著。

元杰睜開眼睛抬頭一看，發現是櫻花大小姐站在自己的面前，擋在爆眼骷顱和自己的中間。

爆眼骷顱用乾巴巴的右手指著櫻花說：「妳……妳是七號魔法美食街中出名的巫女櫻花……骷骷骷。」說完後爆眼骷顱伸出左手，露出了三個藍色人形水晶。「三百萬RC，看看妳要不要？」

櫻花看了一眼藍色水晶，眼神極度輕蔑的說：「『梅莉絲水晶』這種魔法生命體是禁止在這邊販賣的；溫德爾先生，請趕快離開吧！不然櫻花要呼叫魔法師警衛來逮捕你！」櫻花說完，揮了一下右手的巫女長袍，右手上突然出現好幾張白色的符咒，臉上帶著寒冷的微笑接著說：「不然……讓我將你打倒，然後帶去交給魔法師警衛，我還可以自己將『梅莉絲水晶』收下來，似乎更好？」櫻花說完，又冷笑了幾聲。

「骷骷骷！算妳狠！反正妳不買還是會有黑市的人收購。」溫德爾噁心笑了幾聲後，瞬間失去了蹤影。

看到溫德爾一消失，周圍的人群也一哄而散，只留下站著的櫻花和坐在地上的元杰四目相望。

「元杰先生沒事吧？」櫻花將一張白色符咒輕輕往上丟，邊用雙手使出「外獅子印」小聲的喊著：「式神！小春日！」白色符咒降下到地面時，符咒變成一個簡單的人形，形成約九十公分高的紙片人偶。

「小春日去吧！去將元杰先生扶起來。」櫻花發出像是命令的聲音。

紙片人邊走路邊發出「啾啾啾」的聲音，輕輕的扶起元杰。

「哇！這是什麼？」元杰訝異的問。

「這是日本的式神，是一種古老的日本陰陽術……和西方魔法差不多一樣就是了。」櫻花看元杰站起身，嚴肅的說：「要不是我發現得快，看到你跑到這邊來，恐怕你現在已經是一灘血水了。」

「呃……剛剛那傢伙是什麼人？爲什麼會突然攻擊我？」元杰邊說，邊覺得脖子剛剛被掐的地方不太舒服，用手不停的撫摸著。

「那個骷髗樣子的魔法師是『溫德爾』，常常會出現在各處販賣一些違禁的魔法物品，是個卑劣又沒有同情心的傢伙。元杰先生以後看到這樣的人，請盡量離遠一點。」櫻花邊說，邊蹲下來摸著小春日，小春日發出了「啾啾」的聲音。

「那怎麼不報警呢？聽說魔法街的治安和警衛不是很強嗎？」

「有光就有闇，有日就有夜。」櫻花抱起了小春日，小春日發出了「啾」的聲音後消失不見，回復成爲白色符咒。「任何世界或是任何空間，是無法去要求太陽下方沒有影子的。」

「啊！元杰——」紫愿的聲音從後方傳過來。「原來你在這裡！」

「啊！紫愿，我剛剛……」元杰才一轉過頭，話還沒說完就被噴得滿臉都是水，原來是紫愿一跑來就故意拿著大蛤蜊直接對著元杰的臉噴水！

「跑到那裡去了！害我找那麼久！」紫愿嘟著嘴抱怨，突然發現櫻花站在旁邊。「什麼啊？爲什麼櫻花大小姐也在這邊呢？」紫愿突然想到了什麼，臉色變得很生氣！「難道說元杰你丟下我跑來跟櫻花約會嗎？太過份了！」

「誤會！真的是誤會！」不管元杰怎麼說，都被紫愿用大蛤蜊邊噴水邊

砸……

＊　＊　＊

元杰鼻青臉腫的站在旁邊，總算元杰和櫻花的解釋讓紫愿明白了。

「原來如此！看來要好好的謝謝櫻花大小姐了！」紫愿邊向櫻花鞠躬道謝，邊叫元杰一起鞠躬。

「只是一點小忙，請不用介意。」櫻花伸出左手，對著元杰吹了一口氣。「『櫻之風』。」元杰感受到一股溫暖又舒服的風，臉上的疼痛和脖子上的傷都好了一大半。元杰摸摸自己的臉，似乎感覺很不可思議；櫻花的香氣和這樣近距離，讓元杰的身心都酥麻了……臉上也出現了害羞的表情。

櫻花很有禮貌的向兩人鞠躬。「那麼，櫻花先失禮告辭了。」出現了一些櫻花瓣之後，櫻花也消失得無影無蹤。

「剛剛看那個爆眼骷顱……溫德爾？他也可以這樣『咻』一下不見。」元杰轉過頭問著紫愿：「那我們是不是可以喊著『疾風』或是『走走！緊走！』之類的魔法就可以這樣離開了？」

紫愿露出微笑說：「好呀！你試試看呀！」

「好！」元杰舉起右手喊著：「『走走！緊走！』」希望化成一股白煙瞬間移動……結果卻沒有任何動靜。

「哈哈哈！」紫愿笑得非常開心。「你真的相信啊！別想依靠魔法的力量，乖乖的走回去吧！」紫愿將大蛤蜊放到了元杰身上。「拿好吧！這是我們店裡的招牌蛤蜊！」

「嗚！好重！」元杰抱著大蛤蜊，又被大蛤蜊噴了滿臉水。「這傢伙幹嘛一直噴我水啦！」

「可能看你和櫻花大小姐單獨在一起，所以不爽嘍！」紫愿又拿起兩個裝滿食材的袋子，丟到元杰身上。「原本想說幫你拿的，可是看到櫻花大小姐還對你用治療魔法，我就覺得還是讓你辛苦一點比較好。一定很舒服對吧？」

「什麼啊！怎麼這樣……」元杰想說什麼，又被大蛤蜊用水噴臉！

「哼！我們回去吧！」紫愿回過頭對著對著元杰吐舌頭後，頭也不回的走回去。

「等一下，我想先問一下，到底什麼是『梅莉絲水晶』？」元杰邊抱著蛤蜊和食材，邊問著距離有一點遠的紫愿。

紫愿停下了腳步，轉過身看著元杰。紫愿沒有回答，在月光下紫愿的表情讓元杰非常的介意：那是一種帶有悲傷和冷淡的表情，雖然只有一瞬間，紫愿又恢復了笑容，但是元杰還是看得很清楚。

「『梅莉絲水晶』是違禁品唷！那是魔法師的禁忌魔法，至少在第七號魔法街是不可以存在的。」紫愿說完，又轉過身繼續走。「快點吧！我們明天還要準備很多東西唷！」

到底有什麼祕密呢？元杰只記得那一瞬間紫愿的表情是令人多麼悲傷又痛苦，或許不是元杰能夠碰觸的記憶……

第四章・比賽時間

一早元杰洗完臉，突然想到有些食材還沒準備好。元杰穿著簡單的白色無袖內衣走到了二樓，發現二樓和一樓都還沒有紫愿的身影，似乎紫愿還沒有到店裡準備料理。

平常紫愿不是都會很早起床嗎？怎麼今天還沒起來？元杰走回了三樓，發現四樓傳來了聲音；元杰走上了四樓，四處看了一下。

紫愿穿著睡衣，從盥洗間出來；那是一套粉紅色熊娃娃造型睡衣，連拖鞋都是熊娃娃造型的包覆式拖鞋；雖然紫愿穿這樣很可愛，但是元杰還是看到紫愿的頭髮上面還翹了好幾根頭髮。

「咦？元杰？」紫愿看了看元杰，發現自己只穿著睡衣，瞬間臉紅了起來！

「你爲什麼在這邊？你這個色狼！」

「啊……我只是想問食材……」元杰還沒說完，臉上又被大蛤蜊砸到臉，從四樓樓梯滾到了三樓！

紫愿雙手插腰站在四樓樓梯口，對著元杰罵：「你這色狼！不要隨便上來四樓！」說完氣沖沖的跑回了盥洗室。

「我、我只是想問食材……」大蛤蜊又對著元杰噴水，元杰就算解釋也只能發出「嚕嚕嚕」的聲音……

＊＊＊

「呼——」在一樓的食堂吧檯一個舊式熱水壺響了。

紫愿穿著平時穿的廚師服，圍著一件很可愛的白色小圍裙，關掉了小型火爐，拿起了一個茶杯將熱水倒入裡面，瞬間香氣四溢。紫愿拿一杯給元杰，一杯拿到嘴邊邊吹氣邊喝著。

「這是什麼？」元杰喝了一口，覺得甜甜得很好喝；同時又覺得以茶來說，杯子內的飲料也太黏稠了吧？

「你問這是什麼？你還是台灣人嗎？」紫愿喝了一口繼續說：「這是『黑糖麵茶』，是台灣古早味的點心飲料，拿來當成早餐或是點心真的是再好不過了。這個麵茶粉之前我就已經炒過，我沒有加入豬油、是用植物油來炒；接著熱水是關鍵，能夠沖出又香又好吃的麵茶是不容易的。」

「怎麼今天想喝麵茶？」

「今天想喝不行嗎？」紫愿嘟著嘴說。

「喔！」元杰沒有想太多，走到了水族箱旁邊看著那個大蛤蜊。那個每次都會噴水的大蛤蜊似乎正睡得很熟。

元杰想到了比賽的事情，轉過身問著紫愿：「對了，七號魔法美食街大賽差不多再幾天就要開始了，我還不知道比賽內容耶！」

「不知道？」紫愿皺著眉頭，從圍裙內拿出了一張單子。「現在街上不是都有在宣傳嗎？這是比賽的宣傳單。」

元杰接過宣傳單看著：宣傳單上有些簡單的介紹和照片，當天比賽以各種特色小吃爲主，決賽的題目會在當天公佈。元杰下意識的翻到背面，發現是東門寺櫻花的專訪介紹！除了櫻花漂亮又高雅的照片出現在宣傳單背面外，還有記錄著櫻花對於料理的堅持和想法，以及這幾年來擁有高人氣和歷屆冠軍的料理簡介。

這樣的宣傳單都不知道是爲了魔法料理比賽、還是爲了櫻花舉辦的了……

「看太久了吧！」紫愿將元杰的宣傳單抽走，嘟著嘴說：「一大早就一直看櫻花大小姐，還不快點去準備食材！」

元杰苦笑著，開始動手整理了起來。中午來的客人一樣還是很少，紫愿將一些料理準備好後，裝了一份餐點放到了元杰面前。

「這給你吃。」紫愿笑笑的說著。

元杰看了一眼，發現是幾道具有特色台灣小吃：有炒米粉、阿給、魚丸湯以及一碗魚肉粥。

元杰用湯匙盛起一塊白嫩的魚肉問：「這一碗是？」

「台南國姓爺料理！虱目魚肚粥！」紫愿微笑著說：「這是台南養殖業中極具代表的『虱目魚』所料理製成，將虱目魚中兩百多根魚刺完全剔除，且富含魚油的口感又滑又嫩，吃起來又舒服又好吃！」

元杰吃了一口，真的覺得又滑嫩又好吃！咬下一口魚肚肉的同時，溫暖的感覺從腹部傳向了全身……不只是身體的暖意，連同心裡也變得暖呼呼的；虱目魚肚肉完美的和稀飯作結合，嚐一口魚肚肉再吃一口稀飯，那種飽足與滿足感，讓元杰幸福到露出了微笑。

「真的太幸福了！這麼好吃的料理一定可以拿下冠軍！說實在的，好的料理就是一種藝術品、一種魔法，將人生好好美化的最棒魔法！」

看到元杰這樣高興，紫愿微笑著。

元杰又指向其他的料理問：「虱目魚肚粥一項就足以代表台灣食堂了，其他這些如果加上去量會不會太多？」

紫愿微笑著點點頭說：「我沒有打算全部都放上去，我是想以炒米粉和阿給還有魚丸湯當作一開始的特色料理；虱目魚肚粥我想要當作決賽時的決勝料理。」

「爲什麼要選炒米粉、阿給和魚丸湯？完整的一項料理不好嗎？」元杰吃了一口炒米粉，覺得肉燥滷得好香很好吃！配上魚丸湯剛好中和了米粉乾燥的口感，真的非常合味！

元杰忍不住讚嘆：「啊！真是太好吃了！」

「是呀！炒米粉是用我們台灣聞名亞洲的米粉，而這個魚丸湯的魚丸也是用虱目魚製作的魚丸唷！」紫愿拿起了阿給交給了元杰說：「這個阿給你也吃吃看。」

元杰吃了一口阿給，用魚漿和豆皮包覆著冬粉的口感，真的非常好吃又扎實。元杰滿足的說：「這個阿給真的很好吃！這樣子的三道特色小吃可以吃得很飽了。」

「除了量夠之外，會選這這三樣也是有原因的：虱目魚的養殖方式和台灣的歷史很有關連。根據台灣歷史學家的考據，虱目魚的養殖方式是由早期荷蘭人將養殖技術從印尼帶來台灣的，國姓爺鄭成功打倒荷蘭人後留傳至今；而米粉的文化則是代表著亞洲豐富的米食文化，在許多國家都有米粉和米線的同時，台灣自己獨特的文化歷史背景將炒米粉發展成爲台灣的特色料理；最後一樣阿給的由來則是從台灣北部淡水開始發揚光大，取名爲日本發音『阿給』也就是『炸物』之意。」紫愿一口氣將三道料理解釋清楚。

「所以……」元杰歪著頭問：「我還是搞不清楚爲什麼要選這三樣。」

紫愿嘟著嘴巴說：「你真的很呆耶！這三樣料理的原型都是屬於外來的，台灣卻因爲獨特的風土人情和文化歷史背景，所以這三道外來的技術和料理也發展成爲台灣的特色和獨創口味，這代表著傳統與創新後，成爲台灣特有文化而發揚光大。」紫愿說完，將炒米粉搶過來，「反正你也吃不出來個中滋味，去旁邊玩沙好了。」

「我吃的出來啦！我知道很好吃啊！」元杰要伸出手去拿炒米粉，紫愿卻還是不給他。

「哼！」紫愿嘟起嘴巴，就是不給元杰；兩人吵吵鬧鬧的，卻沒注意到外面有個人正盯著台灣食堂的狀況。

「台灣食堂要推出虱目魚肚粥當決勝料理嗎？哼哼哼……」神祕男子低沉笑了幾聲後，瞬間消失了蹤影。

「唔？」紫愿似乎察覺了什麼，看向了台灣食堂的窗戶，但是什麼人都沒有發現到，「是錯覺嗎？怎麼一瞬間好像感覺有人在偷窺……」

元杰一把將炒米粉搶走，高興的說：「耶！搶到炒米粉了！太棒了！」

「別吵！」紫愿敲了元杰的頭一下，元杰悶哼一聲臉撞到了炒米粉碗裡！

「好痛！好痛啊！」元杰大聲抗議著。

紫愿沒有理會元杰，走到了窗戶邊看著。台灣食堂門外的大街很平常，人來人往的並沒有什麼可疑之處。

真的是錯覺嗎？紫愿抱著不安的感覺，看向了天空。

＊　＊　＊

「歡迎各位參加七號魔法美食大賽！」台上的主持人高聲的喊著！

雖然是白天，仍然打上了絢麗的煙火！今天是七號魔法美食街的一大盛事！來自於各地的觀光客將七號魔法街的廣場擠得水洩不通，根據統計，往年來觀賞比賽的觀光客至少都有兩萬多人，爲商店和餐廳帶來莫大的商機。今年更是非同小可，除了宣傳比賽活動之外，比賽的推廣更是認真，還沒開始比賽就有近一萬多人來到現場，估計這次決賽時期可望達到五萬人以上！

「來！預備！」一個金髮粗獷男子大喊：「德州魔法炸雞！GO！GO——」金髮男子高舉一桶金黃色的大塊炸雞，周圍一群人也大聲附和。

「御東堂料理店！加油！加油！」數十名御東堂料理店的年輕女店員也大聲

呼喊著。當櫻花大小姐出現在會場時，引來更大的歡呼聲，有許多年輕的女粉絲還大喊著：「櫻花大小姐！我們愛妳——」

「哇！這麼誇張啊！」元杰跟著紫愿來到比賽會場，看到現場那麼多人，有點怯場的說：「這麼多人，還有那麼多啦啦隊……我們台灣食堂都沒有那麼多人支持啊！」

紫愿笑著拿起一個鍋子說：「沒有關係，我們台灣食堂雖然沒有啦啦隊和粉絲，但是有一顆做料理的心！這就叫作『全心全意』。」紫愿到了一個準備比賽的角落，開始檢查著廚具，「不會有人來打擾我們，我們來準備廚具和食材吧！」

元杰點點頭，開始和紫愿準備了起來；說實在的，元杰真的非常擔心。

這一段時間以來，台灣食堂的客人真的非常非常少，願意坐著看紫愿料理，然後再慢慢享用的顧客真的很少；大部分的觀光客選擇高人氣、高品質以及快速的的御東堂料理店吃飯；又或者是選擇速食文化的德州魔法炸雞，大口大口享用大塊炸雞和碳酸飲料帶來的滿足感。

台灣食堂纖細又深層的美味，並沒有讓大眾接受。據櫻花的說法，紫愿從父母親失蹤的那一年起也放著台灣食堂失蹤了兩年，許多觀光客更是完全不曉得台灣食堂這個老店的存在。

一位留著八字鬍、頭戴高禮帽、身穿燕尾服的中年男子走到了台上致詞：「啊、啊——本日七號魔法美食大賽非常感謝各位的參加，我是七號商店街的會長，可以叫我會長先生，先在這邊祝大家玩得愉快。」接著會長先生舉起了手杖，大聲喊著：「那麼在這邊宣佈！七號魔法美食大賽在這裡正式開始！」

台下發出了歡呼聲！比賽正式開始了！

「元杰！走吧！」紫愿的眼神變得很認真，元杰拿著廚具跟在紫愿後方。

「現在請各餐廳的代表人和助手前往指定的料理台開始製作料理！要使用魔法料理台或是使用我們大賽提供的公用料理台製作料裡都可以！」主持人邊喊邊請參賽的餐廳開始準備。

元杰和紫愿走到了公用料理台前，元杰稍微數了一下說：「今天來參賽的餐廳似乎有二十間？會有幾間進入決賽呢？」

「只有四間餐廳可以進入明天的決賽。」紫愿邊準備著邊說：「快點幫我的忙！沒有時間管別人了！」

「啊、好！」元杰突然察覺自己太散漫了！元杰都忘記了紫愿做料理幾乎是不用魔法的！

「快點！將泡過水的米粉取起來，我要處理滷湯！」紫愿指揮著元杰，兩人忙成一團。

遠處的德州魔法炸雞傳出了聲音。

「看我招喚！」金髮炸雞先生大喊：「魔法料理台！『德州薩克斯』！」喊完後發出一陣強烈的金色光芒後——發生爆炸了！

主持人看到了這一幕大喊著：「啊啊！難道是法蘭克先生發生爆炸了嗎？這真的是『爆炸性的料理』啊！」這個雙關語，讓現場的人發出一陣笑聲。

「沒問題！」法蘭克從濃煙走出來。「小小問題影響不了我們的！開始做炸雞嘍！」法蘭克走到了公用料理台，開始努力和助手們準備。

櫻花冷靜的看著魔法炸雞的法蘭克，又看了看紫愿那一邊後，慢慢走到了紫愿對面的公用料理台前，舉起右手向公用料理台揮了一下。「出來吧！『櫻雲』。」公用料理台瞬間變成了之前元杰看到的櫻花色魔法料理台，讓在場的觀眾發出了讚嘆聲！

「好漂亮的魔法料理台呀！」

「櫻花大小姐！加油！」

紫愿邊切著菜，邊嘟著嘴小聲說：「哼！特別跑到我們對面，真是討厭。」

比賽激烈的展開著！必須要在中午以前準備好大約幾百人份的料理，所以所有參賽者都卯足全力要在時間內完成！只有櫻花從容不迫的喝著熱茶，讓助手擦著餐具……說是助手，也只是櫻花招喚出來的「式神」小春日，正發出「啾啾」的聲音努力將餐具擦得乾乾淨淨。

「剩沒多少時間了，各組的進度如何呢？」主持人和會長先生以及評審們一桌一桌的過去看；來到了紫愿面前時，紫愿頭也沒抬的繼續做著料理，元杰也就跟著紫愿不吭聲，讓會長先生和評審們自己看。

會長先生看了看炒米粉的大鍋和虱目魚魚丸，笑笑的說著：「紫愿，看來妳還是有妳父母親的手藝在，雖然妳堅持不用魔法，但是我卻很期待妳的料理喔！」

紫愿抬起頭來對著會長先生說：「誰說我不用魔法？」

「嗯？」會長先生看著紫愿。

「我的魔法，就是努力專心的完成一道菜，不管顧客是誰都要讓對方露出滿意的笑容；這就是我的魔法！」紫愿說完後，繼續處理著食材。

會長先生笑笑著說：「不錯！不錯！我很期待台灣食堂的料理喔！」會長先生和一群評審離開了紫愿的料理台，轉身走到了櫻花的料理台前。

會長先生看著到目前爲止都沒動的櫻花，張開雙手說：「櫻花大小姐，可不要讓我們吃不到御東堂料理店的餐點，現場很多人可都是期待著妳的料理啊！」

「承知。」櫻花抬起頭來看了看時間後，對著會長先生說：「那麼，櫻花現在開始爲客人們製作料理。」櫻花說完，轉過頭對著小春日說：「小春日，現在我們開始準備吧！」

「啾啾！」小春日舉起雙手發出叫聲，似乎是當作回答。

櫻花站起身專心一意，用雙手結起「普賢三摩耶印」大喊著：「起！各種食材！」櫻花的身上散發出一陣淡藍色的光圍繞著櫻花，接著許許多多的食材瞬間浮到了半空中！

「出現了！利用魔法製作料理的高超技巧！這種魔法技術只有在櫻花大小姐身上看得到！不愧是歷屆冠軍！」主持人亢奮的喊著，台下的人群也非常興奮。

「『櫻吹雪』！」櫻花大喊一聲，雙手結出「外縛印」後，食材就像是排隊一般、一個一個飛向了各個櫻花之前準備的食器內；接著櫻花又用雙手換了一個「內縛印」！食材就像是下著櫻花雪一般，雖然量很多卻很整齊的排列在餐盤上；慢慢的食材組合成爲漂亮的花壽司。

主持人高興的說著：「原來如此！櫻花大小姐爲了保持食材的新鮮，才選在最後的時刻製作漂亮的花壽司！真的是太漂亮了！」主持人解說完後，人群中一再發出讚嘆的聲音。

「哼！」面對這樣的情況，紫愿沒有抬起頭只是暗自哼了一聲，繼續處理著台灣食堂的料理。

當櫻花的料理都裝盒完畢後，每個盒子上都飄下來一片櫻花瓣，就像是櫻花的印記一樣將盒子裝飾得十分美麗。

「完成了，御東堂料理店的特選花壽司『櫻・日和』。」櫻花說完後，恢復了普通的站姿，人群也發出了轟動的讚嘆聲！

「料理時間結束！現在開始評審的試吃時間以及客人的選購時間！」主持人喊完後，人群開始排隊購買每個參賽者的料理。基本上參加比賽的餐廳所製作的料理都很不錯，除了食材的品質和公開料理能夠令客人安心之外，爲了促銷和廣告，通常參加比賽推出的料理價格一定也都很優惠。這讓現場的客人除了能夠開心的享用料理之外，比賽的商家也幾乎能夠販售一空。

如果得獎的料理之後在店家販賣，價格一定會翻好幾倍；就算沒有得獎，高品質的食材和高技巧的料理，通常買了也不會吃虧。

「我要三人份！」

「我要五人份！」

「好的！請不要擠，麻煩大家排隊！謝謝！」紫愿將包裝好的特製餐點拿給每個來購買的顧客。不只是櫻花那邊客人擠得水洩不通，每個參賽的餐廳攤位上都排滿了想要品嚐美食的客人。

「御東堂料理店感謝客人的購買！謝謝惠顧！」御東堂的年輕服務生剛剛還是啦啦隊，轉眼間已經展開了笑容幫每個客人送上特製的花壽司。

元杰手忙腳亂的拿著好幾個包好的餐點，大聲叫著：「這裡已經包好了三人份和五人份的餐點，請問還有誰有叫兩人份的？」元杰剛喊完，又一堆客人搶著購買。

看到這樣的盛況，會長先生摸著自己的八字鬍，滿意的說：「看來今天的比賽人氣也是一極棒，能夠天天這麼熱鬧就好了。」說完後，轉過身對著評審們說：「那麼諸位，我們也下去品嚐每間餐廳這次推出的料理吧！」

評審們一攤一攤一攤的過去，每一間餐廳的特色料理都吃過後，終於走到了紫愿的攤子上。

「元杰，客人的販賣交給你了，我去招待評審。」紫愿說完後，將攤位的販賣工作交給了元杰。

「等一下，我一個人應付不來……」元杰想要叫住紫愿，但瞬間被客人此起彼落的訂購聲給淹沒……

會長先生看到紫愿過來，笑咪咪的說：「台灣食堂的紫愿，這次妳準備了什麼樣的料裡來招待我們呢？」

「台灣食堂特製的套餐——滷汁炒米粉和虱目魚丸湯以及特製阿給。」紫愿將料理端上來給評審們。

會長先生挾起炒米粉吃了一口，其他的評審們也一起吃著。會長先生吃了炒米粉後又喝了一口虱目魚丸湯，最後吃了一口阿給。

「嗯……」會長先生閉起眼睛，像是在品嚐著味道，接著張開眼睛笑笑的說：「真的是台灣食堂的風格，看似簡單的小吃，卻能夠將樸實道地的小吃轉換成爲濃厚又富有層次的味道。容易乾澀的炒米粉，卻能夠用熬得夠味的滷汁帶出米粉本身的甜味外，還可以將炒米粉乾澀的口感轉成爲滑嫩可口；虱目魚丸富有彈性和鮮味，一口湯一口米粉更是可以完美的呈現出樸實之中美味的不同層次感；最後的阿給除了給人飽食感之外，最棒的就是外層的油豆腐皮和魚漿將冬粉包住的紮實口感，淋上紫愿妳的特製醬料更是美味！」

「謝謝誇獎！」紫愿笑笑的對會長先生說：「和以前父親所說的『吃飽不如

吃巧』的擔仔麵相比，這次我製作的參賽料理故意選擇大一點的份量，希望讓客人還有評審們可以多吃一點補充體力。」

一個體型豐滿的評審說：「這樣的量確實很合我的食量，讓我吃的很滿足呢！」說完後，一口將阿給塞進嘴裡。

「確實如此，在地球上所有魔法街中，我們七號魔法街的美食算是激戰區。」會長先生邊摸著八字鬍，邊對著紫愿說：「能夠在這邊立足的商家，一定要懂得如何變通。」會長先生笑咪咪的說完後，放下了筷子對著其他評審說：「走吧！下一家是御東堂料理店。」

「謝謝會長先生，各位評審辛苦了。」紫愿滿臉笑容的送會長先生和評審們離開了台灣食堂的攤子，剛好和對面的櫻花大小姐四目相對。

紫愿對櫻花擺出鬼臉吐舌頭後，趕緊回到了販賣的地方繼續忙著。

櫻花看著紫愿對著自己扮鬼臉，並沒有任何生氣的意思，轉過頭擺出淺淺笑容開始招待評審。

＊　＊　＊

「呼！全部都賣完了！」紫愿累得坐在椅子上，看著累倒在地的元杰；元杰經過早上幫忙料理、中午開始販賣，體力已經不支的累倒在地上了。

「呼……呼……比賽終於結束了。」元杰臉上蓋著毛巾，真的累到快說不出話來。「那個、幾百人份都賣完了，應該賺了不少錢吧……」

「可能要讓你失望了。」紫愿心平氣和的說：「這次爲了比賽用的食材比起平常營業的時候用的還要好，而且爲了比賽、連續好幾天的準備和製作，這樣的精神和時間都計算下來，並不能說賺到錢，只能說剛好打平而已。」

元杰坐起身，有些激動的說：「這麼累還沒賺錢？那也太辛苦了吧！」因爲突然坐起身又有些激動，腰似乎不小心有點閃到了，「啊！痛痛痛……」

紫愿走到了元杰旁邊，將元杰拉起身說：「走吧！比賽還沒有結束呢！要挑出評價最好的四家餐廳，明天還有決賽呢！」

元杰站起身，有些疲憊的說：「還有明天的決賽啊……實在太辛苦了。」元杰邊抱怨，邊跟著紫愿往會場走去。

會場已經站滿了參加比賽的商家，還有許許多多的客人。經過了一整天，大家都想要知道明天決勝的四間餐廳到底是那四間。

「現在發表明天決勝的四間餐廳！」會長先生在台上宣布：「第一間優秀的餐廳是……御東堂料理店！『櫻・日和』評審一致高分認為是今日表現最好的料理！」

「太棒了！櫻花大小姐！」御東堂料理店的女服務生們高興的讚美著，人群中不停的傳來呼喊櫻花名字粉絲的聲音，櫻花大小姐只有淺淺的點個頭示意，似乎對於自己入選並沒有太多反應。

「第二間優秀的餐廳是……」會長先生繼續說著：「德州魔法炸雞！『超巨大份量炸雞』非常好吃！榮獲本日顧客人氣料理之一！」

「太棒啦——」法蘭克大聲喊著：「我來自於德州！德州炸雞是世界最好吃的！」說完後，雙手高舉大大比出「YA」的姿勢！

「第三間優秀的餐廳是……」會長先生看向紫愿。「台灣食堂！三種特色小吃組合的參賽料理真的非常好吃！評審的評價也很高！」

紫愿拱手微微向會長先生敬禮，轉過頭對著元杰說：「嘿嘿！真的進入決賽了吧！」紫愿伸出左手，示意要和元杰擊掌。

「恭喜妳嘍！」元杰伸出手和紫愿擊掌，兩個人都很高興。

「第四間優秀的餐廳是……東南亞的特色美食！特製的料理十分美味……」

會長先生還在介紹，但是元杰和紫愿已經小聲的在商量明天的決賽料理「虱目魚肚粥」該如何進行處理，因此沒有特別注意第四間的餐廳。

「現在公佈明天的決賽題目。」會長先生看了一下台下的大家，用右手摸了摸八字鬍。「依照往年，決賽的料理都是用特色料理或是創意料理，不過，今年有新的評審加入，是能夠控制植物的魔法師。」

「大家好喔！」一位身上衣服印有紅蘿蔔的漂亮女魔法師對著大家打招呼。

會長先生繼續說：「所以，今年的規則會有點變化。」

聽到題目規則有變化，台下的人群都望著會長先生，屏氣凝神等著會長先生公佈新的規則。

「今年的題目是『蔬食餐』。蔬菜水果常常都是豪華料理中的配角，甚至只是裝飾而已。」會長先生頓了一下，摸著八字鬍繼續說：「明天的決勝料理，我要各位參賽的廚師們，用你們推薦的蔬菜水果當作主角，做出一份富有創意又有特色的料理出來。而且……」會長先生伸出右手食指比了一個「一」的手勢。「還要附贈一道甜點喔！」

「等一下！」德州魔法炸雞的法蘭克大聲喊著：「明明有那麼多好吃又富有特色的肉類或是魚類，爲什麼偏偏要選配角的蔬菜水果當主要食材？好吃的炸雞或是炸魚更好吃，我們才不要啃菜根！」法蘭克說完，和自己店內的助手們開始喊著：「炸雞！炸雞！炸雞！」

「不要開玩笑了！」會長先生用力將手杖震了一下，瞬間地面開始搖晃，還刮起了強大的風！會長先生簡單的動作，讓在場的所有人瞬間鴉雀無聲。

櫻花看著會長先生，原來會長先生的魔法能力也是數一數二的啊！

會長先生露出了嚴肅的表情說：「一個好的廚師，並不是只會做自己擅長的料理而叫客人一味的吃同樣的東西，而是能夠依照客人的需求和口味而變化出讓對方滿意的料理。如果只是靠山吃山、靠海吃海，每次海島國家放出來的都是魚、山產料理裡面就是肉，這樣的野味還需要廚師做什麼？烤一烤就很好吃了不是嗎？真正的廚師要能夠將任何食材的美味發揮到淋漓盡致，這才不辜負廚師的稱號。」會長先生望過台下所有人，露出微笑說：「我個人很喜歡甜點，不要忘記明天也要附贈喔！那麼，明天早上決賽見吧！」會長先生說完，走到了台下。

台下的人群議論紛紛，三不五時還聽到德州炸雞的法蘭克大聲哀號。

元杰和紫愿都愣住了！『虱目魚肚粥』不能當作決賽料理了，這下該怎麼辦？元杰轉過頭看著紫愿，紫愿也看著元杰，一時之間兩人都說不出話來！

櫻花走到會長身邊直接開口問：「會長大人，爲什麼突然更改成爲『蔬食餐』呢？」

「爲什麼啊？」會長先生看著櫻花大小姐笑著說：「因爲好玩啊！我知道櫻花大小姐妳準備了最上等的鰻魚要來製作明天的決勝料理。」會長先生突然轉過頭看向紫愿，用紫愿聽得到的聲音對紫愿說：「我也知道台灣食堂要準備虱目魚肚粥。」

紫愿想起了前幾天在店內準備時似乎有人偷窺的事情，原來那時候會長先生就知道了！

「許多店家都事先準備好了珍貴的食材或是稀有的海產，不過我還是想要看看廚師們的能力。」會長先生邊說邊慢慢的走向紫愿。「我可是很期待的喔！台灣食堂的紫愿，御東堂的櫻花。」會長先生對著紫愿笑一笑後，慢慢的走離開會場。

已經是下午快黃昏的時候了，明天的料理到底要怎麼呈現呢？紫愿和元杰仍然沒有頭緒。

第五章・蕎麥與月光

「什麼胡蘿蔔魔女！搞什麼嘛！」紫愿氣呼呼的說著。

「這也是沒辦法的事啊……」元杰一臉茫然。

兩人從會場回到了台灣食堂後，就坐在吧台的位置上看著擺滿食材的廚房。已經晚上了，隔天早上八點就要開始比賽，準備的虱目魚肚那麼多，這下子完全派不上用場了。

撇開購置大量食材卻不能用的損失不談，明天該拿什麼料理參加比賽，紫愿完全沒有頭緒，無力的看著廚房……明天到底該準備什麼呢？如果拿不出像樣的料理出來，不要說利用比賽招攬客人了，恐怕還會發生反效果，造成客人對台灣食堂的負面印象就更糟糕了。

「所以……與其硬推出不適合的料理，不如直接退出吧？」紫愿自言自語的說：「都到這個時候了，我真的想不到要做什麼料理……」紫愿一臉無奈的表情，如果可以的話，真希望可以想到可以拿來當作明天決賽料理的重要食材……

元杰也沒有頭緒，只能跟著紫愿一起發呆。到底要拿什麼東西當主要食材呢？豆芽菜？空心菜？蘿蔔？還是真的炒青菜之類的當作決賽料理嗎？太過草率台灣食堂的名聲也會完蛋的……

不行，完全想不到！

「如果可以的話，請給櫻花一碗虱目魚肚粥。」旁邊突然傳來櫻花的聲音。

「哇！」元杰嚇得從座位上站起來。不知道什麼時候，櫻花已經坐在元杰的旁邊位置上，正在慢慢的喝著茶。

紫愿站起來問：「櫻花大小姐！怎麼這時候來？難道是來看我們明天要決賽的料理嗎？」紫愿將手交叉在胸口，撇過頭去。「恐怕要讓您失望了！我們台灣食堂明天的決賽料理還沒決定！」

「櫻花知道。」櫻花看著紫愿說：「櫻花只是來這裡吃晚餐的。」

櫻花的態度非常從容不迫，似乎來吃飯是件稀鬆平常的事。

＊　＊　＊

「請用吧！虱目魚肚粥！」紫愿將虱目魚肚粥放到了櫻花的面前。

櫻花雙手合十的說：「那麼櫻花就不客氣的開動了。」櫻花說完後，吃了一口虱目魚肚粥，然後看著紫愿說：「非常的好吃，真的是美味又有層次的味道。」

「當然嘍！」紫愿邊說，邊將另外一碗交給元杰，元杰接過碗也開始吃了一口。

「好吃！整個肚子都暖烘烘的，虱目魚肚也好好吃喔！只可惜沒辦法用這個參賽了。」元杰嘆了一口氣，看了一眼紫愿，發現紫愿也是皺著眉頭，從比賽回來後紫愿一直沒有展現笑容。

櫻花也看著紫愿說：「剛剛櫻花聽到，入選的第四間東南亞餐廳已經向美食比賽大會宣佈退出了。」櫻花頓了頓，問著紫愿：「台灣食堂也要退出嗎？」

「不可能！」紫愿拿著大勺子，有些激動的說：「其他人怎麼想我不管，我可不願意到了決賽的時候退出！」

「那麼，」櫻花很認真的問著紫愿：「你們台灣食堂打算如何面對明天的決賽呢？」

「這個……」紫愿露出很爲難的表情，嘟著嘴看了元杰一眼，發現元杰也是一臉沒有想法的樣子，對著紫愿搖搖頭。

「無論怎麼樣，我都不想退出，我想要參加明天的決賽。」紫愿氣餒的說：「可是明天決賽要用的料理，我真的還沒有想法。」說完後嘆了一口氣，從紫愿臉上看得出來很沮喪的樣子。

「紫愿小姐，這個給妳。」櫻花右手拿了一朵小花給紫愿。

「花？」元杰看了看紫愿手中的花，好奇的問：「這個小花有什麼特別的嗎？」

紫愿看著小花回答道：「這不是普通的花，這是『蕎麥花』。」

「蕎麥？就是那個日本的蕎麥麵？」元杰驚訝的說：「我一直以爲蕎麥麵是用小麥做的。」

「蕎麥麵是用蕎麥所做的，是雙子葉植物。」紫愿看著蕎麥花繼續說著：「蕎麥麵除了好吃之外，還擁有『盧丁成份』，對於心血管不好的人來說，食用對身體很好；同時也是能夠代表日本的傳統文化食物。」

櫻花點點頭說：「早在『奈良時代』，就已經有蕎麥麵的存在了。」

「奈良時代？」元杰不解的問著。

櫻花看元杰不瞭解，慢慢的解釋著：「奈良時代大約爲西元七百一十年至七百九十四年左右，在尚未遷都日本京都時，在奈良西郊建城稱爲『平城京』的時代。」櫻花繼續說著：「從古早的時候，蕎麥麵就是日本的傳統食物，能夠表現出日本文化的優秀代表性食物。」

紫愿拿著蕎麥花，看著櫻花問道：「所以，明天妳要用蕎麥麵嗎？」

櫻花點點頭，看著紫愿說：「這個蕎麥我們店內很多。如果妳想不出來代表的料理，我們店內的蕎麥可以給紫愿小姐明天使用。」

紫愿愣了一下，停頓了幾秒鐘，接著臉色變得很生氣！

「謝謝妳的好意！我不需要任何的蕎麥麵！請妳回去吧！」紫愿非常生氣的說完後，伸出左手指著門口，似乎不願意再多談一句。

「這樣子嗎……那櫻花把虱目魚肚粥的費用放在桌上。」櫻花站起身，微微的點點頭。「櫻花就此告辭，那麼明天見。」櫻花慢慢走到了門口，拉開門離開了台灣食堂。

關上台灣食堂的門之後，櫻花站在門口抬頭看了看夜空，若有所思的慢慢離開。

「事實上，」元杰邊說邊搔著頭，「我覺得櫻花沒有惡意……」

紫愿轉過身背對著元杰不發一語。

當晚紫愿很早就回到了臥室，元杰也就回到了自己的房間；從櫻花走後，紫愿都沒有再說任何一句話。

＊　＊　＊

大約深夜兩點，元杰覺得口乾舌燥，起身離開房間想要喝杯水，明早九點到十二點是決賽的時間，元杰想要喝完水就去休息。這時候看到一樓的燈似乎還亮著，元杰穿著睡衣走下了樓梯。

台灣食堂的後門開著，那是開放廚房的後門，出去後除了巷道外，還可以通往魔法街附近的公園；平常紫愿和元杰很少打開後門，更何況是這樣的時間。

難道是小偷！元杰想到是小偷就有些害怕，從旁邊拿起了掃把，打算小偷出現的時候用力的打下去……元杰躡手躡腳的走到後門外，發現巷道外並沒有人，不遠處魔法街的公園似乎有人在。

元杰仔細看了一下，發現是紫愿！元杰放下了掃把，慢慢往紫愿的方向走去。

紫愿在月光的照耀下坐在鞦韆上，似乎正唱著台語的民謠。

還沒等元杰靠近，紫愿背對著元杰說：「你看，今晚的月亮很漂亮對不對？」

「啊……嗯！是呀！」元杰沒想到紫愿先發現了自己，只有點點頭附和著。

「都沒有時間帶你來這個公園看夜景。」紫愿回過頭，對著元杰說：「來陪我看看月亮吧！」說完，邊晃著鞦韆邊看著月亮。

元杰走到了紫愿旁邊的鞦韆坐著，看著紫愿問：「不是睡了嗎？怎麼又跑出來了？」

「睡不著呀！」紫愿邊輕輕的晃著鞦韆，邊看著月亮說：「一想到進了決賽，卻突然要做素食餐點，怎麼想都覺得太突然了。」

「明天比賽怎麼辦？」元杰擔心的問著。

紫愿停下了鍬鑺，嘆了一口氣說：「沒辦法了，總不能做炒青菜就交差吧？做不好台灣食堂的生意就完了。」紫愿的口氣很鎮定，抬起頭看著月亮繼續說：「從我小時候有記憶開始，幾乎都是看著我父母親做菜或是練習魔法，我的人生從一開始就充滿了魔法和料理的生活。」

「會魔法很好呀！」元杰有點羨慕的說著。

「是嗎？」紫愿對著元杰微笑了一下，帶著有點寂寞的表情說：「可是，也是因爲魔法，讓我失去了許多重要的東西……無論是童年、還是朋友，也都因爲學習魔法的緣故，我幾乎沒有所謂的『普通人的生活』；甚至到了最後，我的父母親也因爲魔法而失去了蹤影。」

元杰看著紫愿寂寞的表情，一想到之前帶著嘲笑的態度聽紫愿父母親失蹤的事情，就覺得有些對紫愿不好意思。

紫愿停下了鍬鑺，低著頭寂寞的說：「如果就這樣失去台灣食堂，我又該何去何從呢？」紫愿說完後，似乎非常的落寞，讓元杰有些不知道該怎麼回應。

元杰很認真的對著紫愿說：「或許，事情沒那麼嚴重，只要盡力去做，比賽的結果怎麼樣都沒有關係。不管怎麼樣，就讓我們一起完成比賽，好嗎？」

紫愿對元杰笑著說：「你不會料理也不會魔法，用說的似乎很在行？」

「我還很會吃。」元杰一臉正經的回答著。

紫愿聽到元杰這樣說，忍不住笑了出來，兩個人就在月光下的公園開心的笑了起來。

紫愿站起身離開了鞦韆，對著元杰說：「好吧！讓我們一起挑戰最後的決賽。我絕對不要退出也不要使用櫻花的蕎麥麵，就我們自己推出台灣食堂的料理來決賽吧！」

元杰也離開了鞦韆，對著紫愿說：「當然！讓我們一起參加決賽吧！」

「那就趕緊休息吧！明天還要準備很多事情呢！」紫愿微笑的離開了公園。

「謝謝你陪我看月亮，晚安唷！」紫愿笑笑的對著元杰揮手，那個模樣真的很可愛。

元杰也對著紫愿揮手，接著轉過頭看著月亮；夜景真的很漂亮，要是有帶相

門扉中的你
打開夢想的門扉
是否你就在眼前
張開翅膀讓思念迎空飛翔
能夠飛到多遠的遠方
就有著無限的美好
能夠在指間觸碰到的心跳
讓我一再的想念著你的微笑
輕推開記憶的門扉
幸福就在身旁

機，不但可以拍下漂亮的夜景，或許也能將漂亮的紫愿一起拍下來也說不定呢！想到這裡元杰苦笑了一下，紫愿還是沒當自己是個異性吧？

要是明天的決賽能夠順利就好嘍！

＊　＊　＊

到了早上，鬧鐘的聲音將元杰吵醒，元杰看了看時間，已經到了六點了，是該起來準備比賽的食材了。

元杰梳洗完準備好，走下了樓梯，發現紫愿早就已經在一樓廚房內準備著比賽的食材；元杰仔細看了一下，發現紫愿似乎是在煮稀飯。

「還是準備稀飯嗎？」元杰好奇的問著。

「是呀！」紫愿轉過頭看了一眼元杰，繼續煮著。「雖然不能用虱目魚肚粥，可是我還是想把稀飯煮一煮，看看有沒有辦法做成蔬菜雜燴粥。」

「蔬菜雜燴粥？」元杰皺著眉頭。「真的會好吃嗎？光聽名字就覺得好像有點弱。」元杰說完，將雙手放在頭後面，不經意的說：「啊啊！聽到蔬菜亂七八糟的，我反而想吃地瓜粥了。」

紫愿突然抬起頭，似乎讓紫愿想到了什麼！

「元杰，你剛剛說想吃什麼？」紫愿指著元杰問。

「地瓜粥啊……就是地瓜放入稀飯內的台式清粥小菜……」元杰越說，眼睛的瞳孔放得越大，似乎想到了什麼，也指著紫愿！

「啊！就是這個！」兩個人異口同聲興奮的叫了出來！

紫愿高興的說：「果然是『時到時擔當，無米再來煮番薯湯』！真的是太貼切了！」

元杰聽不懂，搖搖頭問：「那是什麼意思。時間到了沒有米再煮番薯湯？」

「你聽不懂台語嗎？」紫愿好奇的問。

「抱歉……我母親是在台北長大，不太會說台語；我父親是客家人，對於台語我們家幾乎一竅不通。」元杰苦笑的說著。

「喔！」紫愿點點頭。「這句台灣諺語的意思就是說，時候到了自然有解決的方法；剛好對應現在的狀況真是太貼切了！」紫愿解釋完，看了一下今天的日期後繼續說：「現在是九月，正是台灣北部盛產地瓜的季節！」紫愿高興的拿出筆記本，看著筆記本說：「因爲台灣北部的地理環境和氣候影響，種出來的地瓜真的非常好吃！」紫愿說完後，繼續看著筆記本，指著其中一頁說道：「有了！可以找種金山番薯的黃老伯！他在金山種的金山地瓜真的非常美味！」

元杰問道：「金山？新北市的金山嗎？他會送來嗎？」同時擔心的看看時間說：「九點就要開始比賽了不是嗎？」

紫愿搖搖頭說：「不行，必須親自去拿……可能要麻煩你跑一趟了。」

「現在？現在都快七點了耶！這裡是七號魔法街，光回到都市郊區再坐車來回，時間可能就要花上十二小時了，到時候比賽肯定來不及啊！」元杰緊張的叫了出來。

「別擔心！我這邊有魔法道具！」紫愿伸手放到圍裙內，似乎在找什麼東西，接下來拖長音喊著。

「魔法容量包包——」

「特拉斯波多空間門——」

紫愿說完後拿出了一個背包和一本紅色封面的書本。

元杰苦笑著說：「那個……一定要弄得像是從二十二世紀來的藍色機器貓的口氣來拿出道具嗎？」

紫愿嘟著嘴巴說：「當然，這是我的興趣，我小時候很喜歡看那個動畫嘛！」紫愿先將背包放在旁邊的桌上，拿起紅色封面的書本說：「這本『特拉斯波多空間門』是魔法商會研究的實驗性產品，可以在短時間內移動到有標注魔法地點的位置，並且在一定時間內持續開啓著；只是因爲還在實驗階段，如果說被地形或是天候影響到的話，空間門有可能會移動位置，這算是很傷腦筋的地方。」

「所以，要我用這空間門移動過去金山，去找那位金山番薯黃老伯買地瓜嘍？」元杰將書本拿起來，仔細看了一下。「妳說標注魔法地點，是標注在什麼地方嗎？」

紫愿點點頭說：「有標注在金山老街。金山番薯黃老伯應該會在老街的涼亭附近，戴著斗笠、前面放著一簍地瓜的就是黃老伯。」

「那要買多少？我記得評審和比賽的規定好像最少要準備一百人份以上的餐點不是嗎？」

紫愿拿起背包，拍拍背包繼續說：「這個背包有很大的容量，重量背起來也不重，是很好用的魔法道具。元杰你就和黃老伯說要買裝滿背包的份量就可以了。」

元杰揹起背包後問：「等一下、等一下，這樣不會被發覺魔法的事情嗎？」

「放心！」紫愿對著元杰眨一下眼睛。「黃老伯是魔法師中的佼佼者，同時也是『人間觀察者』之一。」

「『人間觀察者？』」元杰歪著頭問著。

「所謂人間觀察者，就是指在人間界隨時觀察是否有人濫用魔法、或是利用魔法來造成混亂的第一線魔法師臥底；通常表面上看起來越普通的人，就越有可能是『人間觀察者』喔！算是魔法界和人類世界共同維護治安的警備人員吧！不過黃老伯的地瓜是真的非常優秀，魔法優秀連地瓜都是達人等級。」紫愿看了看時間，催促著元杰說：「快點去『ASA.M.NO.7』的大廳，跟他們說你要用『特拉斯波多空間門』，快點！快點！」紫愿邊說，邊將元杰推到台灣食堂門口。

「我知道了！我會趕在九點以前到會場的！」元杰邊說邊揮手跑向七號街電

梯的方向。

「拜託了……元杰。」

必須要準備大量食材的紫愿，只能將希望放到了元杰身上。

一定要在時間內趕回來！

第六章・勝負一加一

「金山老街的空間傳送門已經開啓。」魁梧的西裝男子對著元杰說：「請注意空間不穩定的影響，可以隨時翻開『特拉斯波多空間門指標書』看看書內目前空間門的位置；另外這個空間門只能維持四小時，請務必注意。」

「四小時？應該不用那麼久，我兩個小時內就可以回來了。那謝謝你了，大塊頭！」元杰說完，對著一道薄薄亮亮的門穿進去。

「我的名字是派克……」魁梧的西裝男子自言自語著。

穿過薄薄光門的元杰，已經出現在一個黑黑的房子外面的角落，元杰走了幾步向後看，發現傳送門的這個位置真的不太容易被發現，元杰也放心的走出了像是巷道的地方，看著眼前的路牌。

已經到了金山老街附近了！

「太好了！看來應該可以快點找到那位金山番薯的黃老伯了！」元杰高興的

向金山老街走去，應該可以在時間內完成任務了！

但是元杰卻沒有發現，天空的氣候似乎陰陰的……

＊　＊　＊

紫愿已經到了比賽會場，和昨天比賽的盛況相比，今天只有三間餐廳參加決賽，觀眾目光集中的焦點似乎讓紫愿有些緊張；御東堂料理店和德州魔法炸雞也在比賽前就到了場地了。

櫻花看了看紫愿，走到了紫愿身邊。

「早安，紫愿小姐。今天的食材準備好了嗎？」櫻花禮貌的問著紫愿。

「雖然還沒，不過已經讓元杰去準備了。」紫愿有些愛理不理的。

「元杰先生嗎？」櫻花小姐從右手拿起了蕎麥花，拿起來想要交給紫愿。「如果不介意，我們御東堂料理店的蕎麥隨時可以給紫愿小姐使用……」

「我不需要！」紫愿不耐煩的轉過身，背對著櫻花說：「我很忙，請您回去吧！櫻花大小姐！」紫愿說完，頭也不回的去準備多到不行的食材和餐具。

櫻花雖然沒有什麼表情變化，卻感覺到似乎還是有些落寞，慢慢的走回御東堂料理店的比賽位置。

「櫻花大小姐！」

櫻花一回到了比賽位置，幾名女服務生趕緊跑過來說：「怎麼辦？不好了！御當家主大人有信要給您！」邊說邊把信交給了櫻花。

御當家主大人通常不會來信，而真的來信了也都不會有什麼好事情。櫻花面無表情拿起這封華麗又蓋著家徽的信封，有那麼一瞬間，櫻花輕微皺一下眉頭，不過馬上又恢復了冷靜打開信件讀著。

「是什麼內容呢？」一位有著桃紅色頭髮的漂亮女服務生問著櫻花。

櫻花讀完信，又露出了沉重的表情……很少有喜怒情緒表現在臉上的櫻花，會皺著眉頭的時候通常都不是什麼好事情。

「父親大人的病更加重了，目前只能躺在床上讓傭人照顧。」櫻花盡可能想要保持冷靜，但從那漂亮的眼睛中還是能夠看到櫻花的憂慮。

「什麼？日那大人嗎？這下子怎麼辦呢？」桃紅色頭髮的女孩子擔心的問著。

「御當家主大人的信中通知，如果這次的比賽沒有獲得優勝，沒辦法用優勝料理招待神嚐祭的客人的話……」櫻花頓了頓，低下頭緩緩的說：「父親大人和櫻花，都必須負起責任接受嚴格的處罰。」

一聽到這樣的結果，女服務生們驚訝又帶著憤怒吵吵鬧鬧的。

「旦那大人都病了，還來這種信件！」

「好過份！真的太過分了！」

「都要比賽了還這樣！連句慰問都沒說！」

在大家吵吵鬧鬧的同時，氣氛也變得很糟糕。

櫻花抬起頭看了大家一眼，所有人瞬間都停止抱怨，看著櫻花大小姐。

「請各位冷靜，只要能夠獲得優勝就可以了。」櫻花將信件收起來後，對著大家說：「我們現在能夠做的就是提供最好吃的料理給客人。走吧！讓我們提供最好的料理給客人吧！」

「是的！櫻花大小姐！」女服務生們再度打起精神，剛剛的壞氣氛也一掃而空。

這就是櫻花的領袖魅力。

＊　＊　＊

元杰走進了金山老街後，找來找去終於找到了涼亭。元杰在涼亭旁邊，果然看到了一位戴著斗笠、眼前放著一簍地瓜的老先生！元杰快速跑到老先生的面前。

「請問！」元杰有些喘的問著：「請問，您是金山番薯的黃老伯嗎？」

黃老伯打開斗笠斜眼看了一下元杰後又低下頭去。「金山地瓜喔！一斤算你便宜。」

「我要用這個買！」元杰看旁邊都沒有人，掏出了一張面額一百ＲＣ的紙鈔。

老人接過去看著說：「少年人，你從那裡撿到了這個玩具鈔？」

「我來自七號魔法美食街的台灣食堂，是紫愿叫我來和黃老伯您買地瓜的！我趕時間，麻煩賣我吧！我要裝滿我的整個背包！」元杰既緊張又害怕，這個黃老伯怎麼一臉什麼都不懂的樣子？難道找錯人了嗎？

黃老伯還是不正面回應，只是低頭冷冷的說：「少年人，你的名片呢？」

「名片？什麼名片？」元杰一時會意不過來，在台灣食堂從來沒有名片這東西啊……突然元杰「啊」了一聲，難道是指那個？

元杰專心的閉起眼睛，伸出右手小聲的說：「出來吧……出示卡片！」剛說完，元杰就感覺到手上出現了自己的銅色識別卡，但是下一秒鐘卻感覺好像被人抽走了卡片！元杰緊張的張開眼睛，發現黃老伯在斗笠下冷冷的瞪著自己。

「下一次先在街上就準備好給我看，再讓我看到一次你在人類世界用這個，我就把你提交給魔法管理局。」黃老伯的眼神很犀利，讓元杰全身都毛了起來。

「對不起，下次我會先準備好。」元杰低著頭道歉。

黃老伯站起身，看了看周圍，對著元杰說：「跟我來。」黃老伯走到柱子旁邊，元杰也跟著他走……一瞬間，元杰已經到了一片非常大的番薯田中間！

「咦？這裡是？」元杰緊張的到處看，四周只是很普通的農田，但是怎麼一下子自己就跑到了田中央？

「少年人，背包給我。」

元杰這時候才發現，黃老伯就在不遠處蹲在田中間拔著番薯，元杰趕緊走到了黃老伯的身邊，將包包交給了黃老伯。

「少年人！種番薯就跟做人的道理一樣，要用心去做。」黃老伯邊將番薯放入背包內，邊慢慢的說：「番薯的種植要注意排水性，水不能欠缺、也不能過多，過多就會引來蝸牛或是疾病，過少番薯就會活不了；人生就像是番薯，水就像是外來的物質誘惑，太多就會引來災難和病苦，太少就會失敗、死在土裡。」

元杰聽不太懂，卻還是安靜的聽黃老伯說著。

「金錢物質的欲望，千萬不能沉迷，要懂得利用金錢，而不是被金錢利用……少年人，你聽懂了嗎？」

「是。」元杰只能不斷的苦笑，買個地瓜還要被說教，元杰除了苦笑之外什麼都無法反駁；背包就像裝不滿一樣，黃老伯熟練的一個一個的將地瓜放進背包內，嘴巴內也沒有停止說教。

「少年人，知道人生的意義在那裡嗎?就來自於你和你周圍的人一步一腳印譜出來的回憶和歷程，那就是人生中最寶貴的東西……」

番薯裝滿背包，說教裝滿腦袋……元杰苦笑的表情快要塌下去了。

＊　＊　＊

「現在開始決賽！請三位參賽的料理廚師開始動手料理吧！」主持人在台上說完，台下的人爆出了熱烈的掌聲！今天第二天決賽，台下滿滿的都是客人，大家都想要知道今天的優勝者到底是那一間餐廳！

德州魔法炸雞的法蘭克率先一步踏到了前面，大聲喊著：「魔法料理台！『德州薩克斯強化ＤＸ』！」喊完後發出一陣強烈的金色光芒——還是又爆炸了！

觀眾發出了驚嘆和笑聲，德州魔法炸雞的法蘭克從黑煙中走出來，一臉狼狽的樣子。

「法蘭克！你一定要這樣出場嗎？」旁邊的觀眾起鬨著。

「咳！咳！」德州魔法炸雞的老闆法蘭克邊咳邊喊著：「閉嘴！看在老天的份上，就別在那說風涼話了！」法蘭克走到了昨天使用的料理台前，開始準備著決賽要用的料理，拿起了一堆蔬菜，和助手們開始處理著。

「今天要用一堆炸蔬菜來代替我們的炸雞！」法蘭克邊說邊和助手們開始處理。

看著法蘭克將蔬菜大把大把的丟下油鍋，紫愿嘆了一口氣說：「真不知道該說豪邁還是無腦啊……」

另一邊櫻花再度招喚出式神小春日之後，和小春日開始準備著；對這一個可愛的紙片式神小助手，台下的觀眾也是越看越喜歡，很快的許多觀眾除了幫櫻花加油之外，也會對著小春日喊加油。

櫻花轉過頭看了小春日一眼，小聲的自言自語：「這麼受歡迎，或許可以出個周邊商品吧……」小春日也看了櫻花一眼，繼續發出「啾啾」的走路聲。

紫愿邊準備著，邊看向天空自言自語：「希望來得及……」

七號街的天氣非常晴朗。

＊　＊　＊

「嗯！完成了。」黃老伯將背包拉鍊拉上，把包包丟回給元杰。

「太好了！終於裝滿了！」元杰邊道謝，邊將背包揹上。「真的太感謝了，這樣子總共多少錢呢？」

黃老伯看著元杰，伸出手比了一個五。「五百RC吧！」

「真是不便宜啊！」元杰將錢交給黃老伯，碎碎唸著說：「剛剛才在說人生錢不是最重要的，現在又收那麼貴……」

黃老伯收下錢，緩緩的說：「沒錯，錢對於人生不是最重要的；但是沒有錢就沒辦法種出好的番薯，這些錢也是要拿來種出好番薯的。」黃老伯用手示意要元杰跟著他走。「走吧！該回金山老街了。」

元杰點點頭，跟著黃老伯走，一眨眼的時間又回到了金山老街附近的涼亭。

「咦？怎麼會。」這下子元杰傻眼了。

金山老街下起了大雨，還有閃電打雷出現。

元杰轉過頭問著黃老伯：「剛剛在拿番薯的時候並沒有這麼大的雨啊！怎麼突然下起了大雨？」

「我種番薯的地方是屬於特別的空間。」黃老伯慢條斯理的說：「就和七號魔法街一樣，一年四季都是不會下雨的。」說完後，又蹲在賣地瓜的竹簍後方。

元杰緊張的將紅色書本打開，發現地圖上原本顯示傳送空間的標誌，已經不見了！

「怎麼辦?傳送門好像消失了!」元杰非常緊張，不知所措的看著黃老伯；黃老伯嘆了一口氣，站起身拿過紅色書本看著。

黃老伯看了看地圖，接著指著書本內頁說：「是顯示在別的地方，似乎是在旁邊的獅頭山。」

元杰看了看書本內，果然在地圖上又出現了傳送門的標誌。元杰鬆了一口氣說：「看起來似乎不會太遠，這樣應該沒有問題才對。」元杰拿回了紅色書本，感覺上安心許多。

「少年人，你最好快一點。」黃老伯慢慢的說：「地圖上雖然顯示好像沒多遠，不過那是在附近獅頭山的某個地方，估計就算從登山口走到目的地可能也需要快兩個小時。」

「什麼!」元杰看了看錶，驚訝的說：「現在快要九點半了!我記得大塊頭說只開到十一點!」

黃老伯戴上斗笠，低著頭對元杰說：「少年人，你最好快一點，派克是會很準時的關閉傳送門的。」說完後黃老伯指著大街的方向。「往大街上走去，會有計程車可以坐到獅頭山入口的。」

「謝謝啦！」元杰不顧大雨，快速的跑向了大街上。運氣很好，剛好有計程車正在街道旁邊，過了十幾分鐘後，元杰下了計程車就到了獅頭山的入口處，對著這個越來越大的雨發呆。

元杰打開了紅色書本，看著地圖上還有點距離的傳送門標誌自言自語的說：「地圖上並不遠，可是似乎是在往山頂的路上？」元杰看著地圖，慢慢的往傳送門的目標前進。

＊　＊　＊

另一方面，七號魔法美食街的決賽仍在進行著！

「繼續！繼續！繼續！」魔法炸雞的法蘭克大聲喊著：「將所有蔬菜都炸過一遍！讓最好吃的炸雞文化也能在魔法世界稱霸！」

馬鈴薯所做成的薯條、洋芋片炸得香噴噴的，法蘭克也利用烤馬鈴薯和烤玉米配上香氣四溢的奶油，讓全場的客人都非常期待！原先以爲魔法炸雞處於很不利的狀況，卻因爲香氣和漂亮的金黃色讓等待的客人們食指大動！

會長先生轉過身對著胡蘿蔔女魔法師說：「好的料理要講究『色、香、味俱全』，也就是說外表要夠漂亮、香味要夠吸引人、味道最後也要令人滿意，至少德州魔法炸雞的法蘭克已經做到前面兩點了。」會長先生比出右手的食指和中指。「顏色夠漂亮，味道也夠香夠吸引人，讓我也期待法蘭克的料理了。」

胡蘿蔔女魔法師微笑著說：「用炸的雖然能保持食物的鮮味，不過缺乏創意的簡單料理方式並不能夠做出讓人滿意的料理；豪邁的飲食方式和東方的亞細亞料理來相比，纖細而有技術的料理方式會更讓我有想要吃看看的欲望。」

「東方亞細亞的纖細料理嗎？」會長先生轉過頭看著櫻花。「喔呀？似乎我們的日本料理的廚師巫女櫻花還沒有動靜啊！」

櫻花很悠閒的坐在位置上喝茶，式神小春日在旁邊擦著盤子、做著一些擺盤裝飾的工作；依照櫻花的料理方式來看，似乎想要等到最後的時間再一次一起料理；和櫻花的悠閒比較，紫愿的工作就顯得忙碌了許多。

胡蘿蔔女魔法師問著會長：「那個女孩子怎麼只有她一個人忙碌著？昨天和她一起的男孩子今天沒來嗎？」

「早上就沒看到了。」會長先生邊說邊摸子八字鬍。「台灣食堂的紫愿是很優秀的孩子，我認爲今天紫愿應該會有什麼特殊料理出現才對。」

「是嗎？」胡蘿蔔女魔法師有點不相信的說：「這個看起來很普通的女孩子真的能夠一個人做出料理嗎？」

紫愿不停忙碌、稀飯也正忙著熬煮著，百人份以上的餐具也已經擺設好了，其餘餐點和配料紫愿也是不停準備著。

時間一分一秒流逝，元杰仍舊沒有現身，紫愿卻沒有時間多想，只是手沒有歇下來不斷的整理和準備著弄也弄不完的決賽料理……就算做出來了，少了主要的食材「番薯」，還是完全沒有意義。

沒有主菜的料理，是不能稱爲決賽料理的……現在也只能等元杰回來了。

＊　＊　＊

「啊——」元杰忍不住叫著！

「什麼日子嘛！突然打雷讓傳送門空間移位，一移就跑到了山上，會不會太剛好了啊！」元杰邊看著地圖，邊在下著大雨的獅頭山步道附近跑來跑去，無論怎麼走，不熟悉的地形讓元杰不太曉得該怎麼快點靠近傳送點！

「到底該怎麼走！」元杰邊找著路，邊氣沖沖的爬上一個往上的臺階，因爲雨滑，一不小心元杰一踩空從樓梯上跌下去！大雨和泥土讓元杰十分狼狽，雖然沒受傷，卻讓元杰感受到體力已經漸漸不支了。

昨天比賽完後就已經到了體力的負荷點，結束後又因爲選擇決賽料理而感覺到很深的無力感，到了今天早上又臨時跑來這邊準備番薯，真的是精神上和體力上都快要無法負荷了！

元杰看向紅色書本上顯示的時間……已經十點了，開賽也過了一個小時，紫愿是不是還在努力呢？

『如果就這樣失去了台灣食堂，我又該何去何從呢？』

『不管怎麼樣，就讓我們一起完成比賽，好嗎？』

元杰想起了在月光下和紫愿的對話，那時紫愿的表情既寂寞又孤單，是自己爲紫愿打氣並答應紫愿一起完成比賽的，怎麼能夠隨便放棄呢！

「可惡！我一定要把番薯送到！」元杰爬起身，不顧自己渾身是泥、腿也受傷了，仍然繼續努力找著空間傳送點。

元杰仍然慢慢的移動，這時空間傳送門的標誌似乎在地圖上呈現不太穩定的狀況，元杰又著急又緊張，根本顧不得自己正在斜坡上爬，拉著旁邊的樹木朝空間傳送門的標誌前進。

「再靠近一點、再靠近一點……」自言自語的元杰，腦海中除了接近空間傳送門之外，沒有別的想法。

元杰再一次的看著紅色書本……極度的震驚已經讓元杰說不出話來！

原本要前往的空間傳送門，又因爲天候的不穩定，已經消失得無影無蹤了……

「啊、啊！」又急又震驚的情緒一股腦的衝上來，腦海中既氣憤又懊惱，讓元杰用力抓著紅色書本大罵：「可惡！真的太可惡了——」喊完後的元杰，精疲力盡的倒在泥地上。

太不甘心了！都到了這一步了，只能承認失敗了嗎……

＊　＊　＊

櫻花走到了紫愿面前，靜靜的看著紫愿，接著緩緩的問：「紫愿小姐，真的不願意用我們御東堂料理店的蕎麥嗎？」

「妳真的很煩耶！」紫愿沒好氣的回答著：「我說不需要就是不需要，我們台灣食堂自己有自己的食材，不需要用到妳們的東西！」

「這樣子啊。」櫻花點個頭後，回到了櫻雲料理台的前面。

櫻花看向小春日說：「小春日，準備要開始料理了。」

小春日舉著雙手，發出「啾啾」的聲音，就像是回答一樣，那個可愛的模樣讓在場的觀眾又發出了讚嘆聲。

櫻花非常熟練的用魔法開始製作料理：一開始是漂亮的花壽司，相較於之前的花壽司，今天決賽用的花壽司全部材料都是用蔬果來代替肉類，顏色上也鮮豔許多。

「小春日！接好料理！」櫻花邊用出九字刀印，花壽司在櫻雲料理台的上方規則性的浮在半空中。

「啾啾！」小春日的紙片身材剛好可以浮在半空中，利用式神的能力將一個一個的花壽司分配在準備好的漂亮盒子內。

「接下來……」櫻花再次伸出右手，對著櫻雲料理台揮了一次，瞬間料理台上面出現了一個大型的油鍋。「代表日本料理的另一項料理：天婦羅。」櫻花邊將天婦羅的食材浮在半空中邊說著：「這次用的天婦羅食材，是採用『春野菜天婦羅』中常見的幾種蔬菜，無論是品質和美味程度，都是御東堂料理店推出一等一的好素材。」

櫻花邊將食材裹上天婦羅粉。「南瓜、茄子、紫蘇、水雲這些常見的蔬菜天婦羅，」櫻花又揮一次左手，左手的巫女長袖下出現了其他食材，「蘘荷、蜂斗菜花蕾、楤芽是這次特別加進去的之外，最特別的天婦羅則是……」

櫻花雙手舉高，從櫻花的上方慢慢出現了幾片像是黃色葉子一樣的東西飄到了櫻花的手中。

櫻花拿著黃色的葉子，對著評審說：「這是去年就開始為今年準備的天婦羅食材，『楓葉天婦羅』。」當櫻花說完，在旁觀看的觀眾議論紛紛……從來沒有聽過楓葉可以吃！

會長先生摸著八字鬍，看起來很有興趣的問著：「我也是第一次聽過楓葉可以做成天婦羅，確定吃了不會中毒嗎？」

「請不用擔心。」櫻花微笑的說：「這些楓葉都是經過了一年醃製的處理，早在一年前就處理得非常乾淨；等炸好後起鍋放到冷，就是非常好吃的楓葉天婦羅甜點。」

「甜的？真是厲害呢！」胡蘿蔔女魔法師讚嘆著說：「我原本以為日本的野菜料理我快吃過一遍了，今天還是第一次看到呢！」

「我很期待妳們的料理！要做得好吃一點喔！」會長先生滿臉期待的對櫻花笑著。

「承知。」櫻花禮貌的鞠躬，開始用魔法料理起天婦羅。

紫愿看看大會牆上的時間，已經過十一點了。這場比賽無論紫愿在稀飯內丟入香菜或是豆芽菜甚至是其他蔬菜，沒有主角番薯的陪襯，這都不是一個完整的料理。

剩不到一個小時，紫愿是不是該正式的放棄呢？明年應該像櫻花一樣好好的做好準備，就算是突然改成蔬食餐，也能拿出蕎麥和天婦羅那樣亮眼的料理。

紫愿停下了手邊的工作，拿下了廚師帽，走到了評審的台前。

會長先生看向紫愿問著：「紫愿小姐，怎麼了嗎？」

「真的非常抱歉。」紫愿想讓自己保持微笑，卻因爲強烈的落寞感讓紫愿臉上的笑容又僵硬、又寂寞。「我們台灣食堂……可能做不出料理，所以想要提前放棄……」

「等、一、下——」紫愿的身後傳來了熟悉的聲音！

紫愿回過頭，發現是狼狽至極的元杰！

「我絕對不要妳輕言放棄！——」

元杰的喊叫聲充斥著整個比賽會場。

第七章・美食當前

「元……杰？」紫愿一時之間還沒有反應過來。

「紫愿！」元杰氣喘吁吁的跑到了紫愿面前喘個不停說著：「還好趕上了……原本以爲、來不及的……」說完後，將背包從背上脫下，交給紫愿。

紫愿打開背包看，有點不敢置信的說：「真的是金山地瓜！你真的做到了！」紫愿高興的將背包放在旁邊，緊緊的抱住了元杰。「太好了！你做到了！你真的做到了！」

「哈哈……」被紫愿抱住的元杰，害羞的想著自己再辛苦也值得了。

＊　＊　＊

原本一度以爲傳送空間門又被影響後跑到更遠的地方，元杰躺在地上真的萬念俱灰，沒想到過了幾分鐘，紅色書本發出了「嗶嗶」的叫聲。

「在嗎？是元杰先生嗎？」紅色書本內傳來了粗獷的男性聲音。

「這聲音是……」元杰再度坐起身，翻開紅色書本看著地圖說：「你是那位大廳的大塊頭嗎？」

「我的名字是派克，元杰先生。」派克的聲音頓了一下，繼續說著：「您說兩小時就回來，但是遲遲沒有回應，目前距離我這邊關上傳送門只剩下不到三十分鐘，三十分鐘後我可以關閉嗎？」

「不行！不行！」元杰緊張的說：「傳送門被這裡的氣候影響，位置非常的不穩定！我這邊現在還找不到傳送空間門的位置！」

「氣候影響的啊？人類世界還真的很不方便。」派克停了一下，繼續說：「這樣子的話，元杰先生，由我這邊來幫您查詢目前空間門的位置，試試看可不可以重新定位一個新的空間傳送門給您。」

「麻煩了！請快一點！」元杰高興的說著。

「請稍等幾分鐘。」

元杰找了一棵可以躲雨的樹下，這時才發現自己全身濕透，身上還沾滿泥土；最糟糕的是，自己兩隻腳的膝蓋位置都有些擦傷，一動就會痛，極有可能是剛剛滑下來時摩擦到石塊所造成。

又過了幾分鐘，派克終於有回應了。

「元杰先生，很抱歉，您那邊的氣候讓傳送空間門十分不穩定，我必須要找一個比較穩定又離您最近的地方。」

元杰著急的問著：「好！可以顯示在我的書本地圖上嗎？」

「可以的。那麼，離您最近的地方有個獅頭山的舊登山步道，那裡有個人類世界宗教的彌勒佛雕像，就開在那尊雕像的後方。」

「彌勒佛？」元杰看了書本的地圖顯示，似乎還有一段距離。「我知道了！就讓我趕過去吧！」元杰奮力的起身，朝著傳送空間門前進！

＊　＊　＊

最後的最後，在決賽結束五十分鐘前，元杰終於送上了金山地瓜；至少紫愿的抱抱，讓元杰都快融化掉了……一切的辛苦都值得了！

「嗯哼！」會長先生一個輕咳，摸著八字鬍問：「那麼，台灣食堂代表紫愿小姐，還要放棄比賽嗎？」

紫愿放開元杰，眼睛炯炯有神的看著會長先生說：「不！我一定會獻上最好吃的『甘藷粥』！」

會長先生微笑的說：「我很期待唷！年輕的第二代台灣食堂老闆。」

紫愿對著會長先生點點頭，拉著元杰往料理台跑去。「走吧！我們來完成這場比賽！」元杰一臉疲憊的樣子，卻仍然和紫愿一起跑回料理台前。

「只剩四十幾分鐘，真的那夠做出一百人份的料理嗎？」胡蘿蔔女魔法師有點輕蔑的說：「那個人類女孩也不太用魔法，真的可以嗎？」

「料理的製作是講究料理者的心，而不只是技巧而已。」會長先生看向櫻花，自言自語的說：「要不是對手是百年難得一見的魔法和料理的天才，憑著紫愿的手藝和毅力一定可以獲得好成績。」會長先生又看回紫愿，「兩位年輕的第二代老闆，請加油吧！」

櫻花開始料理蕎麥麵，煮過後的蕎麥麵由手中飛向半空中！左手伸向前方讓蕎麥麵在半空中瀝出水份，在太陽下就像是蕎麥麵彩虹一樣的漂亮。

「這是御東堂料理店最自豪的『秋新蕎麥』所製做的，味道絕對能夠讓客人滿意。」櫻花說完，台下的觀眾又發出了讚嘆聲。

看著櫻花的紫愿和元杰，互相看了一眼後，兩人都點點頭。

紫愿對著元杰說：「那麼我們也開始吧！」紫愿說完後將廚師帽拿下來放在料理桌旁邊。

「時間真的來不及了……妳看我們有滿山滿谷的番薯要處理。」元杰蹲下身，將背包內的番薯倒出來，瞬間將料理台旁邊的空間塞得滿滿的！

紫愿閉上眼睛深呼吸後，再慢慢的吐出空氣，接著張開眼睛露出了堅毅的眼神！

「出來吧！『小扁擔』！」

一瞬間！紫愿的衣服從白色的廚師服，變成了一套非常有特色的小鳳仙套裝；那是一套帶有淡淡粉紅色的旗袍上身，以及一件看起來質料很不錯的絲質長裙所組成的；最特別的是，紫愿的長髮從馬尾解開後，漂亮的順著肩膀到腰間，頭上也有一個非常漂亮的金釵和漂亮的牡丹花！

而在紫愿的身邊，則出現了一個小小的擔仔麵的古老器具。

「咦?怎麼?」元杰看得目瞪口呆。

「我要使用魔法了。」紫愿看了看自己的長髮，有點害羞的說：「要不是一開始和媽媽說好一定要用這樣的打扮，不然穿這樣子我覺得好丟臉。」

「不丟臉!不丟臉!我覺得很好看!」元杰趕緊誇獎著。

「哼!」紫愿轉過身，從背影看還是很害羞的樣子。「我又不是要讓你覺得好看才穿這樣的。」說完後，紫愿還是小聲的說：「……謝謝你。」

「要用魔法來做料理嗎?」元杰問著紫愿：「我可以幫什麼忙嗎?」

「恐怕你什麼忙也幫不上。」紫愿嘆口氣說：「我的魔法是在我的能力範圍內創造一個時間暫停或是減慢的『亞空間』，我在那個魔法空間內可以在短時間做許多事情，或許四十分鐘可以延長成爲四百分鐘以上，這樣或許就來得及了。」

「只能一個人嗎?」元杰擔心的問著。

紫愿點點頭，對著元杰說：「使用這個魔法很消耗體力和精神，所以我平常是不想用的……不說了，時間已經剩下不到四十分鐘了。」接著紫愿雙手緊握著說：「在我料理完前，元杰你就去換個衣服和洗個澡吧……」

紫愿發出一道光芒！所有器具和番薯以及料理都消失不見了！台上的評審也看到了這一幕。

胡蘿蔔女魔法師問著會長先生：「那個年輕女孩子是跑掉了嗎？」

會長先生搖搖頭說：「這種時間魔法算是很高級的魔法，原來紫愿小姐已經會這樣的魔法了啊！」會長先生摸摸八字鬍，指著還在台灣食堂料理台旁邊的扁擔說：「魔法空間就是在那個扁擔內，說危險還真的有點危險，這時候扁擔要是被人拿走或是破壞，紫愿小姐就會有危險的……這種魔法確實很有爭議，下次或許要考慮禁止參賽者使用這種魔法了。」

「嗯哼。」胡蘿蔔女魔法師像是用鼻子來回答一樣，態度還是很隨便。

時間終於開始倒數，元杰緊張的看著時間，紫愿還沒出現……主持人開始倒數：「五、四、三、二、一！時間到——」隨著主持人大喊時間到，天空也放了幾個煙火；雖然是白天，但是觀眾看到了還是很開心。

「完成！」紫愿也在同時間，出現在元杰面前！

「紫愿！」元杰開心的問著：「完成了嗎？」

紫愿已經分好了一百人份的「甘藷粥」，每個甘藷粥都在旁邊放著一些清淡的小菜，以及一個蜜地瓜，看起來非常清淡。

「嗯！讓我們把料理交給評審吧！」紫愿將決賽料理交給評審後，將剩下不到九十份的甘藷粥套餐交給元杰。「剩的這些，拿去賣給現場觀眾吧！」紫愿說完後，身上的小鳳仙裝消失，換回了普通的廚師服，看得出來紫愿非常疲累。

「辛苦妳了，妳就好好休息吧！」元杰扶著紫愿到料理台旁邊的椅子上坐著，想讓紫愿好好的休息。

主持人大聲的說著：「第一道評審要嚐的料理是御東堂料理店『秋新蕎麥特別定食』！」櫻花揮個手、結出手印後，每個評審的面前都出現了一道由天婦羅、花壽司以及秋新蕎麥麵組合成的料理套餐！

櫻花恭敬的鞠躬，對著會長先生說：「楓葉天婦羅是屬於甜點，味道甜美又特別，請留到最後再享用。」

會長先生拿起楓葉天婦羅，微笑的說：「是甜點嗎？有意思！」

所有評審一吃，讚不絕口！無論是蔬果類的漂亮花壽司，還是以春野菜爲主的野菜天婦羅，配上綠色的秋新蕎麥麵吃起來都非常的好吃！幾乎所有附上去的料理都被吃的精光，評審們的表情都很滿足。

會長先生咬了一口楓葉天婦羅……說是天婦羅，反而像是餅乾類的和菓子，又甜又脆，風味也很獨特，爲剛剛豐富的餐點畫下了完美的句號。

會長先生看向了櫻花。「櫻花小姐，我想請問妳，怎麼有辦法將不同季節的野菜、水果都在這個夏末的時候一起端出來料理呢？我們怎麼吃也不覺得是冷凍過的，甚至覺得有些蔬菜還比當季買的時候還新鮮呢！」

「那是因爲我們東門寺一族有提供由櫻花親自管理的農場，並且由農場直接送到櫻花這邊，因此農產品都是最新鮮好吃的。」櫻花畢恭畢敬的回答。

其中一位評審大聲的說：「真的太好吃了！等等我要以個人名義訂十份！」

「承知。」櫻花微笑著鞠躬後，退下去準備那位評審的十人份餐點。

結果櫻花所製做的餐點足足有五百人份，現場也在不到二十分鐘內被搶購一空；從各種角度來看，御東堂料理店的櫻花都是這個比賽的最大贏家。

接著輪到德州魔法炸雞的法蘭克。

「香是很香，可是太油了。」會長先生咬了幾口後，將一顆炸馬鈴薯放下。

「喔！不！」法蘭克大聲的說：「那是因爲你們亞洲人還有魔法師的胃都太軟弱了！在我們德州老家不拿出大塊一點、油一點的料理那可是很沒禮貌的事情啊！」

胡蘿蔔女魔法師拿著一條被炸得乾乾扁扁的胡蘿蔔失望的說：「我覺得你將胡蘿蔔整條丟下去炸才叫失禮。」胡蘿蔔還被炸得有些焦黑。

「甜點呢？」會長先生在一堆炸蔬菜內找著。

法蘭克大聲的說：「喔！我親愛的會長先生，旁邊加上果醬和起司的馬鈴薯就是甜點了！」

一顆炸馬鈴薯的上面有著鮮紅的果醬……而混著起司的樣子黏稠又不自然，這樣的甜點讓會長先生臉上也非常的尷尬。

就算如此，法蘭克做出兩百人份的炸蔬果，也銷售一空；許多喜愛油炸料理的客人對著油滋滋的炸蔬果料理仍然讚不絕口。

「嗯……那接下來請台灣食堂端上料理。」會長先生對著台下宣佈。

「紫愿，妳可以嗎？」元杰問著紫愿。

「當然可以，讓我們將料理端上去給評審們吧！」紫愿微笑的說著。

工作人員將紫愿的料理端上去給評審，紫愿和元杰就站在台下看著評審。

會長先生吃了一口，微笑的說：「嗯！這種甘藷和稀飯配在一起，真的非常爽口又沒有負擔。甘藷本身的甜也融入在稀飯內，真是一道健康、又美味的料理，配上清爽的青菜，真的很適合養生和早晨食用。」

胡蘿蔔女魔法師也說：「特別是剛吃完某個油膩膩的料理，現在這道料理真的讓我舒服多了。」女魔法師說完，瞪了一眼德州炸雞的法蘭克。

紫愿點點頭說：「因爲台灣北部地理氣候和土壤的緣故，產出來的番薯又甜又香又好吃，符合別名『甘藷』真是再適合不過了；同時番薯內的營養成份價值高、又不易發胖，在民間也有抗癌食品的美稱。」

「還有我最喜歡的地方是這裡。」胡蘿蔔女魔法師指著甘薯粥內的番薯說：「我有注意到唷！妳是用紅心番薯還有黃心的對吧？偶而還有一點紫色的，顏色真的很漂亮。」女魔法師對紫愿微笑著。

「是的，口感和甜度也都不相同。」紫愿也微笑回答著。

「這個蜜地瓜。」會長先生拿起蜜地瓜嚐了一口，點點頭說：「蜜地瓜用麥芽糖來煮，味道真的很香甜。」

「這些蜜地瓜都是挑選不會太小也不會太大的甘藷製作的，大小適中的甘藷才會平均入味，吃起來才會好吃。」紫愿微笑的解釋完後，看到其他的評審邊吃也邊露出滿意的笑容。

「那麼，決賽的料理評鑑就到此爲止了。」會長先生對其他評審說著，然後將手上的蜜地瓜放回盤子上。紫愿也跟著元杰回到了台灣食堂的攤位上。

經過大約十五分鐘的討論，最後結果出來了。

會長先生站到了台上，摸了摸八字鬍後，大聲的宣佈：「這次的大賽優勝者是……集合美味和技術於一身的御東堂料理店『秋新蕎麥特別定食』！」會長先生一宣佈完，台下發出了歡呼聲！

高超的料理技術和高級食材以及親切又華麗的行銷手法，讓擁有高人氣的櫻花這一次又站上了優勝的寶座！櫻花從容不迫的和小春日一起到台上去領獎。紫愿和元杰對看了一眼，兩人雖然失望沒有拿到優勝，但是一直緊繃的情緒也瞬間得到放鬆，兩個人坐到了椅子上互相看了一眼後，笑了出來。

「輸了呢！」元杰嘆了一口氣後說：「唉！金山地瓜明明很好吃的說。」

「是呀！金山地瓜確實是全世界最好吃的地瓜，但還是輸給了櫻花那些華麗的料理。」紫愿也有些不甘心的說：「如果能夠用虱目魚肚粥來比賽，或許也不會輸得那麼慘了。」

「紫愿小姐，您也不用這麼介意。」兩人背後傳來了會長先生的聲音。

紫愿有點訝異的轉過頭，發現會長先生不知道什麼時候走到了兩人的身後。

「會長先生?您不是在台上頒獎嗎？」紫愿問著會長先生。

會長先生笑著摸摸八字鬍說：「台灣食堂的甘藷粥並不差，味道和食材都很棒；只是和御東堂料理店比起來，就顯得單調了許多。」

「單調嗎？」紫愿苦笑了一下，拿起了旁邊的一個還沒處理的番薯。「番薯的味道是很濃郁的，這樣富有多層滋味的味道，被稱爲單調真是可惜。」

會長先生點點頭摸著八字鬍說：「身爲一個廚師，不能要求客人懂得食材豐富的味道，而是要依照客人的心意做出讓大家滿意的料理。雖然我認爲在食材方面紫愿小姐確實很用心，但是顧客往往會被光鮮亮麗的外表以及各種行銷手法而影響，心情愉悅下自然會無法察覺所謂食材豐富的內涵了。」

「輸給了高級食材和巫女嗎？」紫愿嘟著嘴抱怨：「只要看到巫女和高級食材，料理的美味也變得不重要了嗎？」

「雖然我和胡蘿蔔魔女坎洛特評審認爲台灣食堂的甘藷粥和蜜地瓜都非常優秀，但是無法獲得其他評審青睞則是事實。」會長先生摸摸八字鬍後，轉過身繼續說：「繼續加油，年輕的紫愿小姐，明年期待妳的料理，妳的料理是很優秀的。」

「謝謝會長先生。」紫愿笑著目送會長先生離開。

外面的觀眾還在爲櫻花的勝利歡呼，御東堂料理店也趁機推出許多優惠劵和周邊商品的贈送，這一場比賽的盛事就像是御東堂料理店的嘉年華活動一樣，熱熱鬧鬧的歡呼聲和歌唱聲一直不絕於耳。紫愿和元杰將東西都收拾好後，打算要將東西慢慢搬回去，這樣的場景看起來反而有點落寞。

「走吧！我們回去吧……」元杰轉過頭，發現紫愿倒在地上！

元杰趕緊跑到紫愿旁邊蹲下緊張的問：「紫愿！妳沒事吧？」這時才發現紫愿似乎非常、非常疲憊的樣子。

「抱歉，我沒事……」紫愿坐起身，看起來還是很虛弱的樣子。「只是在用魔法製造出魔法空間時，那一段時間真的太累了……」紫愿想要站起身，卻又站不太穩、差點又跌倒在地上！

「小心！」元杰趕緊扶住紫愿。「真的沒事嗎？要不要去看醫生？」

紫愿搖搖頭說：「使用魔法消耗的體力和在魔法空間連續工作八小時所消耗的體力……恐怕要休息好幾天了。」

元杰訝異的問：「妳在魔法空間中也是這樣自己動手做料理嗎？」

紫愿點點頭說：「當然嘍！我希望能夠親手做出好吃的料理。」

「爲什麼不用像是櫻花那樣的魔法來料理呢？」

「不，就算累得動不了，我還是想要親手做好吃的料理給顧客吃。」紫愿坐在地上，卻仍然嘟著嘴撇過頭去。「我是個廚師，不是魔法師！」

元杰嘆了一口氣，蹲下身揹起了紫愿。

紫愿被這樣的動作嚇到。「你幹什麼?這樣子好丟臉唷!」
「反正妳也站不穩走不動，不如就揹妳回去休息吧!還是說妳要公主抱?」
紫愿害羞的搖搖頭，將臉低得很低，小聲的說：「我不要公主抱……」
元杰點點頭說：「那就好，我們回去台灣食堂吧!晚一點我再來把台灣食堂的東西帶回去。」
比賽的結果雖然落敗了，但是紫愿和元杰兩人都盡力了。這一次的比賽也是紫愿以自己的名義第一次參賽，已經算是很不錯的成績了……或許明年還會再來參賽也說不定。元杰揹著紫愿回去的路上，也覺得明年好好準備，一定會能夠再一次和櫻花在台上一較高下。
「紫愿，今天晚上還要開店嗎?」元杰揹著紫愿邊問著。
「不……今天我已經沒有體力了，明天早上再開店就可以了。記得門口要貼本日休店。」紫愿小聲的回答。
「這樣啊!」元杰邊走，邊還想和紫愿說話，卻發現紫愿在自己的背後似乎已經睡著了。真是放心呀!元杰一邊高興自己很受紫愿信任，一方面又覺得紫愿都沒將自己當作是異性，心中的感覺真是五味雜陳。

回到了台灣食堂後，紫愿睡了一整夜，似乎真的是累過頭了。

隔天早上一早，兩人在開店的時候，被門外的排隊民眾嚇到了！

不知道從早上幾點鐘開始，門外就排滿了想要品嚐紫愿甘藷粥的民眾！

「開始販賣了嗎？有沒有甘藷粥？」

「我們這邊有三位！我們都要甘藷粥！」

「麻煩排隊好嘛！我們一大早就來了耶！」

紫愿和元杰面面相覷，元杰問著排隊的客人：「請問你們怎麼都來吃甘藷粥？發生什麼事情了嗎？」

第一位客人大聲的說：「昨天會長先生和嚐過甘藷粥的顧客都異口同聲的說台灣食堂的甘藷粥很好吃；還有御東堂料理店的櫻花大小姐也說過，台灣食堂的虱目魚肚粥更是好吃！」

一個拿著美食街地圖的觀光客也說：「有會長先生的推薦一定不會有錯。」

「櫻花大小姐推薦的，我也想要吃看看。」一位戴著眼鏡的胖胖男法師也說著，邊說還邊拿出一張櫻花的簽名照。「你們看，櫻花大小姐還給我親筆簽名呢！」

「不要聊天了！你們台灣食堂今天有開店嗎？我們等一整個早上肚子都餓扁啦！」後面的客人忍不住催促著。

元杰和紫愿又互相看了一眼，兩人大聲的說著：「歡迎歡迎！請大家到裡面坐！」紫愿和元杰臉上都掛著滿滿的笑容。

台灣食堂的名聲終於傳出去了，紫愿和元杰又要開始忙碌了！

然而在這時候，新的危機悄悄的到來了……

第八章・天朝飯店

元杰下課後，慢慢的走向ASA.M大廳。

比賽結束後，台灣食堂的生意越來越好。就算上門的顧客知道吃台灣食堂的料理可能要等個幾分鐘，大部分的顧客也都不介意，都很願意看紫愿慢慢的料理好後再端到客人的面前。美食比賽的宣傳算是很成功，讓紫愿和元杰幾乎都要從早忙到晚，元杰也只有上課的時間可以稍微休息，不過元杰一休息紫愿就要一個人顧店了。

一想到不錯的薪水，元杰也開心許多；住在台灣食堂內、紫愿又會提供三餐，基本上元杰的開銷少了許多，打工的薪水也幾乎沒用到，這讓元杰越來越習慣台灣食堂的生活。

元杰路過一個小攤子，攤子上放了許多女生的小飾品，元杰原先沒有特別在意，但是停下來想一想：紫愿那麼辛苦，一個人又要顧店又要等不知道在那裡的父母親回來。

一想到這裡，元杰又走回去，買了一個小禮物。

「希望紫愿會喜歡嘍！」元杰邊將禮物放到包包內，邊自言自語著。

＊　＊　＊

元杰回到了七號魔法街，很快的回到了台灣食堂。現在時間是下午大約四點半左右，應該是不會有客人的，這個時間通常都是爲了晚餐在準備……

一打開門，發現是櫻花坐在吧台位置，正和紫愿說著話。

「我回來了。」元杰走到了兩人面前。「櫻花，今天怎麼來了？」

櫻花只是對元杰禮貌的點點頭，並沒有回答元杰的話；紫愿則是看向元杰說：「剛剛櫻花和我說，天朝飯店已經要開幕了。」

「天朝飯店？」元杰不解的問：「那是餐廳還是旅館？有什麼特別的嗎？」

「是一間非常有名的餐廳。」櫻花拿起茶杯說：「由『軒轅集團』所創立的連鎖餐廳，以雄厚的財力和高超的魔法技術聞名，在其他地區的魔法街幾乎都有這間天朝飯店的分店。」櫻花說完，喝了一口熱茶。

紫愿接著櫻花的話繼續說：「之前因爲沒有好的地點來這邊開店，所以天朝飯店一直都沒有來這邊開店的打算。但是這一次他們動作很迅速的找到了一個好的地點，而且在這幾天就要開幕了。」

「開在那裡？」元杰問著。

紫愿回答說：「還記得之前和我們一起進入決賽的某間東南亞料理的餐廳嗎？就是那間放棄決賽的餐廳將店賣給了天朝飯店。」

「這麼快？比賽到現在都還沒經過一個月耶！這麼快就開了啊！」元杰想了想。「那麼，天朝飯店到底是開在那裡？」

櫻花放下茶杯，緩緩的說：「那間餐廳之前和我們御東堂料理店在同一條街上，現在賣給了天朝飯店，再加上天朝飯店將附近的商家和土地都買下來了，所以現在天朝飯店開幕的地點，幾乎就在我們御東堂料理店的對面。」

「對面……」元杰認爲天朝飯店的挑釁的意味似乎還蠻濃厚的，不過對方再怎麼厲害，櫻花的料理和高人氣應該也不用害怕才對。

元杰微笑的對著櫻花說：「櫻花妳不用擔心，妳是這條美食街上的優勝冠軍又擁有高超的魔法料理技巧，對方再怎麼有名，應該也不是妳的對手，妳應該不用太介意才對。」

櫻花點點頭說：「謝謝鼓勵，元杰先生。」櫻花道謝完後看著元杰的臉。

「不用客氣。」被櫻花這樣看著，元杰有些害羞的低下頭去。

櫻花站起身，對著紫愿和元杰簡單的鞠躬告辭：「那麼，櫻花先回去了，等天朝飯店開幕後，再一起去天朝飯店看看。元杰先生、紫愿小姐再見。」櫻花禮貌的告辭後，離開了台灣食堂。

「再見。」元杰笑咪咪的向櫻花說再見後，轉過頭發現紫愿斜眼盯著自己看著。

「怎麼了嗎？這樣看著我？」元杰摸著自己的臉好奇的問：「我臉上有東西嗎？」

「沒有。」紫愿轉過身去，假裝不在乎的說：「只是覺得你看櫻花的表情都色瞇瞇的，不過櫻花那麼漂亮，你會喜歡櫻花也不奇怪。」

「不，我沒有。」元杰想要說些什麼，卻發現紫愿沒有理會自己，一個人到廚房內去準備晚上開店的食材去了。元杰搔搔頭，心想怎麼每次提到櫻花，紫愿都怪怪的呢？這樣子的話，該怎麼把小禮物送給紫愿呢？

過了幾天，終於到了天朝飯店開幕的日子。

一大早，台灣食堂的顧客比起之前少了一大半。

「謝謝惠顧！歡迎再來！」元杰說完後，將桌上的餐具收拾收拾，走到紫愿旁邊說：「今天的客人好像比平常要少很多。」

紫愿點點頭說：「今天是天朝飯店開幕的日子，應該很多人跑去吃了。」

「等等要去看看嗎？」

「好，等中午午餐時間過後，我們去看看情形。」紫愿將新的虱目魚肚粥裝好交給元杰，又去準備料理去了。

到了中午午餐時間，顧客又更少了。元杰和紫愿面面相覷，中午的顧客一般來說都會比早上的顧客還要多，沒想到客人比早上更少了。過了午餐時間，元杰和紫愿將台灣食堂的門關上後，一起往御東堂料理店的方向走去。

剛轉彎，就發現令人震驚的狀況……

御東堂料理店的門口幾乎沒有什麼客人，天朝飯店的門口則是滿滿都是排隊的人潮！

「今天是天朝飯店開幕喔！所有料理都是五折！歡迎大家來品嚐喔！」

「今天來消費的客人贈送天朝飯店的會員卡！一整年的時間在每一間天朝飯店分店享用餐點都是八折喔！」

門口滿滿的都是宣傳的店員，店門口也滿滿的都是顧客。天朝飯店的規模很大、裝潢得十分氣派；各種亞洲料理應有盡有，甚至連炸雞都有販賣，價格又比附近的餐廳都還要便宜！

「哇……真是大手筆啊！」元杰也看得目瞪口呆。

「雖然熱鬧又漂亮，可是御東堂料理店沒有客人也很奇怪。」紫愿疑惑的說著：「御東堂料理店的盛名再加上櫻花的高人氣，不至於沒有顧客才對。」紫愿和元杰一起走向御東堂料理店。

紫愿和元杰一進門，發現所有御東堂料理店的年輕店員都和櫻花站在一起，圍在一張桌子旁邊。

紫愿走過去問道：「怎麼都沒有人招呼客人呢？一群人圍著在聊天嗎？」櫻花轉過身看著紫愿，其他的店員也轉過身來看著兩人，這時候店員往旁邊站，紫愿和元杰才看到桌子邊坐著一個穿著旗袍的女客人，旗袍顏色十分鮮艷。

年輕女客人拿著扇子，看著紫愿上下打量了一下，帶著笑容說：「看來這位就是台灣食堂的負責人了吧？叫什麼名字來著？紫愿是吧？」說完後站起身來，慢慢的走到了紫愿面前。

「咦？妳是誰？」紫愿有點愣住了，這位第一次見面的女客人竟然知道自己的名字，讓自己有些嚇了一跳。

穿著旗袍的年輕女性身材十分的好，一頭亮麗的黑髮上有著兩個髮髻，臉上雖然帶著笑容卻感覺得到這位漂亮的女孩子似乎不懷好意，拿著扇子不停的上下打量著紫愿。

穿旗袍的年輕女性「唰」的一聲打開了紙扇！扇子上印著大大的『軒轅集團』四個字！年輕女性笑著說：「我是對面那間天朝飯店的負責人，同時也是『軒轅集團』的董事長二千金『龍鈴華』，也有人尊稱我爲『軒轅鈴華』或是『二小姐』，隨便妳怎麼叫我都可以。」說完後看著紫愿，不懷好意的說著：「台灣食堂的紫愿啊！最好記得我的名字，以後妳也會來求我的。」

「什麼？」紫愿聽不太懂龍鈴華的意思，轉過頭問著櫻花：「這位就是天朝飯店的負責人嗎？怎麼會在妳這邊？」

「妳就甭問她了吧！」龍鈴華笑著說：「今天御東堂料理店的全部料理都已經被咱們天朝飯店買完了，所以我才來找櫻花大小姐談談事情嘍！」龍鈴華邊說邊走到了櫻花面前。「櫻花大小姐，妳還不願意答應嗎？」

「到底什麼事情？」紫愿問著櫻花。

櫻花抬起頭看看龍鈴華，龍鈴華仍然是對著櫻花擺出輕蔑的笑容，櫻花轉過身對著紫愿說：「天朝飯店的龍鈴華小姐，想要挑戰櫻花在決賽時推出的決賽料理。」

「幹嘛要答應她，拒絕掉就好啦！」紫愿說完後瞪了一眼龍鈴華。

「拒絕掉也沒關係。」龍鈴華收起扇子，對著御東堂料理店的門口點點頭，瞬間出現了許多的黑衣人走進店裡。

張。

紫愿對著龍鈴華問：「妳想做什麼？」看著一群黑衣人，大家的情緒都很緊張。

「我沒有要做什麼呀！」龍鈴華邊說邊走到了黑衣人身邊。「這些人都是我的朋友，他們最喜歡吃御東堂料理店的料理了。接下來的每天早上、中午、晚上，這些人都會跟著其他客人一起排隊唷！只是他們的脾氣都不是很好，也許會有排隊的客人會被嚇哭也說不定。」

「那樣做太過份了！」紫愿有些生氣的說著，卻被櫻花伸出手阻止。

「如果敢傷害任何一個人，櫻花絕對不會原諒你們。」櫻花的表情變得非常可怕，眼神變得十分的冷漠。

龍鈴華像是完全無視櫻花的表情，再度走到了櫻花面前說：「當然，妳也可以避免這樣的狀況。」龍鈴華繼續說著：「只要和我比賽一次，用櫻花妳的冠軍料理當作賭注，只要妳贏了，我就答應不讓黑衣人一起排隊。同時……」龍鈴華用扇子指著一位黑衣人，黑衣人拿了一個盒子走了過來。

「看看這個。」龍鈴華打開了盒子，盒子內是一個像是乒乓球一樣大的黑色小球，散發出一種很香很濃郁的味道。

「這個是……」櫻花有點愣住了，兩個眼睛緊緊的盯著那個黑色的物體。

「我想櫻花大小姐妳應該也知道的吧？」龍鈴華笑笑說著：「這是非常稀有的『千年龍骨丸』，無論是人類世界還是魔法世界都是非常稀有的珍貴物品。」

櫻花看著龍骨丸說：「只要吃下去，任何疾病都會立刻痊癒，櫻花知道這個是禁止販賣的。」

「嘿！雖然說販賣是違法的。」龍鈴華拿扇子指著櫻花說：「可是當作獎品贈送卻是允許的唷！我知道櫻花妳的父親身體不舒服，如果妳肯和我比賽，贏了我就把龍骨丸當作獎品送給妳，妳還可以治療妳父親的疾病，這樣不是很好嗎？」

「為什麼那麼想要比賽？」櫻花問著龍鈴華。

「也沒什麼，就是想要看看被人稱為『巫女櫻花』的妳，到底有多麼的厲害而已。如何？願意和我來場比賽嗎？」龍鈴華說到這裡，又露出了不懷好意的笑容。「不過，我願意拿出珍貴的龍骨丸當作獎勵，櫻花妳也應該要拿出冠軍料理當作賭注才對。」

櫻花看著龍鈴華問：「想要冠軍料理做什麼？」

龍鈴華笑了笑說：「如果我們天朝飯店贏了，我就要櫻花妳封印這一次的冠軍料理『秋新蕎麥特別定食』，並且將『秋新蕎麥特別定食』這道料理讓給我們天朝飯店料理販賣。」

櫻花瞪大著眼睛看著龍鈴華，似乎對於龍鈴華的提議非常訝異。

「當然嘍！我也知道下一次的『神嚐祭』，櫻花妳要代表東門寺一族獻上『秋新蕎麥特別定食』給桃華家。」

櫻花驚訝的問：「爲什麼妳會知道？」

相較於訝異的櫻花，龍鈴華一直都是保持著笑容。「我們軒轅集團的能力不是妳能夠想像的，只要我們願意的話，別說小小商店街，甚至政府還是軍隊都可以調動。」龍鈴華特別拿起了龍骨丸的小盒子，問著櫻花：「只要妳答應，比賽贏了就可以拿這個龍骨丸救妳的父親，我們天朝飯店也不會來糾纏妳，妳覺得如何呀？」

「櫻花……」紫愿想要說什麼，卻不知道該怎麼開口；元杰雖然也不贊同櫻花答應，但是事關櫻花父親的事情，也不好隨便插嘴。

櫻花不敢隨便答應，但是看著龍骨丸，又想到了身體因爲疾病虛弱的父親，似乎也沒什麼好猶豫的。

「承知。櫻花接受比賽的建議。」櫻花終於答應了龍鈴華的要求。

「櫻花！」紫愿和元杰對答應的櫻花，也感到非常驚訝。

「哈哈哈！非常好！」龍鈴華笑著說：「那麼事不宜遲，三天後就在我們天朝飯店的門口進行一對一的比賽吧！」龍鈴華收起了龍骨丸，和黑衣人一起離開了御東堂料理店。

「櫻花大小姐！」所有店員都圍著櫻花，似乎很擔心的樣子。

「櫻花！怎麼可以隨便答應呢！」紫愿有點氣呼呼的說：「根本不曉得對方想要做什麼，隨便答應沒問題嗎？」

「沒關係，櫻花不會輸。」櫻花很認真的回答著紫愿。

元杰突然問櫻花：「爲什麼那個龍鈴華對『秋新蕎麥特別定食』那麼介意？」

「櫻花也不知道，不過櫻花是認爲天朝飯店想要利用『秋新蕎麥特別定食』來打倒我們御東堂料理店。」櫻花也是很認真的回答著元杰。

紫愿對著櫻花說：「如果御東堂料理店不能販賣『秋新蕎麥特別定食』，天朝飯店卻可以販賣的話，這樣對御東堂料理店的打擊真的很大。」

桃紅色頭髮的女服務生也說：「櫻花大小姐！請一定要加油！旦那大人的病才可以好起來！」

看著店員都爲了櫻花打氣，元杰和紫愿離開了御東堂料理店。一出門就看到了天朝飯店又氣派又熱鬧的樣子，元杰和紫愿都不曉得該說些什麼。

事情來的太突然了，才不到一小時的時間，櫻花就決定要和龍鈴華比賽，希望不要出什麼差錯才好，不然後果令人根本不敢想像。

＊　＊　＊

「二小姐，爲什麼要拿珍貴的龍骨丸來當獎勵？」一位黑衣人不解的問。

「要釣大魚，又怎麼能吝嗇魚餌呢？」龍鈴華笑著說：「再說，龍骨丸是不可能輸給櫻花的，反而是櫻花到時候就會知道，冠軍料理輸給我們天朝飯店的後果；一想到會看到櫻花輸的表情，我就十分期待呢！」

「對手可是『巫女櫻花』呢！二小姐真的沒問題嗎？」另一位黑衣人擔心的問：「目前爲止，巫女櫻花都沒有輸過的記錄呢！」

龍鈴華拿起扇子，用力的打了說話黑衣人的臉！

龍鈴華有些生氣的說：「沒有輸過的記錄，那就一定要讓她輸！」

「真的很抱歉！」被打的黑衣人趕緊道歉。

「算了。」龍鈴華坐回了椅子上，露出了奸笑的表情。「我看過決賽那天櫻花的料理方式，櫻花有個致命的缺點，似乎她自己也沒有注意到。這樣也好，擊敗御東堂料理店之後，就可以達成目標了。」

「三個月，讓魔法街所有的餐廳倒閉！」龍鈴華露出了非常有自信的笑容。

七號魔法街的天空，似乎透露出對未來不安的氣氛……

第九章・魔法非萬能

天朝飯店開幕後，台灣食堂的生意一直好不起來，這樣的狀況持續了三天後，終於到了櫻花和龍鈴華比賽的日子。

「她們比賽的時間是幾點？」元杰邊擦著桌子邊問著紫愿。

「應該是下午兩點半的時候吧？」紫愿邊攪拌著滷鍋內的食材，邊回答著元杰，看起來也是無精打采的樣子。

從天朝飯店開幕後，台灣食堂的客人越來越少，到了今天第三天，客人更是從早上到現在都還沒有上門，天朝飯店的低價策略和多樣化的選擇真的是重創了附近所有的餐廳。

終於到了兩點半，午餐時間過了，一位客人都沒有上門。

「走吧！我們去看看櫻花和那個天朝飯店小姐的比賽吧！」紫愿將餐具和食材整理好後，和元杰一起走出台灣飯店。「櫻花的實力應該不會輸才對，又要看櫻花被一群粉絲擁戴的模樣了。」

「也沒什麼不好啊！櫻花的粉絲一直都很多。」元杰漫不經心的回答著。

紫愿看著元杰問：「你認爲櫻花的粉絲爲什麼這麼多？」

「我想，應該是櫻花長得漂亮、個性又溫柔，魔法和料理的技術都很高超，還有穿著巫女服的模樣很可愛……」元杰滔滔不絕的說著。

「這麼瞭解，你乾脆去御東堂料理店打工算了。」紫愿嘟著嘴撇過頭去，看起來又在不高興了。

「別這樣嘛！」元杰跑到紫愿旁邊，拿出了之前買的小禮物交給了紫愿。

「對了！這個是我前幾天買的，送給妳。」

「什麼東西？」紫愿拿過來，打開了外面的包裝紙。

是一條黃色的絲質髮帶，雖然看起來不是貴重的東西，卻非常的可愛。

紫愿停下了腳步，背對著元杰小聲的問：「……這是給我的？」

「是啊！我剛好路過了一個小攤販，看到這一條髮帶很可愛，想說應該很適合妳，所以就買下來嘍！」元杰有點害羞的問著：「喜歡嗎？我不知道妳喜不喜歡黃色。」

「……嗯！謝謝你。」紫愿背對著元杰，聲音似乎有些哽咽。

「咦？妳哭了嗎？」元杰緊張的問：「只是一條小髮帶，沒有那麼誇張吧？」

紫愿用手擦了擦眼角，轉過身對著元杰說：「是呀！只是一條小髮帶而已，我根本不會在意！」紫愿說完後，似乎心情變得很好。「走吧！我們去看櫻花把那個天朝飯店小姐打敗吧！」

「到底是喜歡還是不喜歡那條髮帶啊……」元杰喃喃自語跟在紫愿後面。

還沒走到轉角，就聽到天朝飯店的位置傳來了熱鬧的吵雜聲；紫愿和元杰來到了天朝飯店前面，發現整條街已經被人群圍得人山人海。

元杰指著前方對紫愿說：「妳看，天朝飯店和御東堂料理店的大街中間。」

紫愿看過去，發現櫻花和龍鈴華都已經站到了大街的中央，那裏有一個加高的檯子，兩人在上面料理，台下的大眾也可以看得很清楚。不過元杰怎麼看都覺得很像是電視中的比武擂台，像是台上的兩人要打架似的。

龍鈴華邊笑邊走到了櫻花的面前，從右手變出一張羊皮紙說：「那麼，在比賽之前來訂立契約如何？」

「是什麼契約？」櫻花問著。

「不是什麼重要的契約啦！」龍鈴華一臉輕鬆的說：「就是當初說好的條件，我贏了『秋新蕎麥特別定食』就歸我們天朝飯店，妳贏了『千年龍骨丸』就屬於妳櫻花。」

櫻花點點頭，似乎對於這項契約沒有意見。

龍鈴華笑了笑，看著櫻花說：「那麼我簡單的說明這場比賽，妳和我就只要做一份料理就好，給請來的裁判來吃；時間限制三十分鐘內，食材也只能準備一份，不能隨意更換助手，時間內無法完成的人就無條件落敗。」

櫻花看了看周圍問：「裁判是那一位呢？」

龍鈴華微笑的說著：「這次我請來有名的料理評鑑師『美食家約翰』。」

紫愿小聲的說：「美食家約翰?那位到處吃美食和評鑑的約翰嗎？」

一位穿著美國西部年代的西部裝和牛仔帽的中年男子出現在比賽的台上，看起來一臉漂泊的感覺。

美食家約翰將牛仔帽稍微抬起，對著龍鈴華說：「大老遠將我找來這邊，沒有美食我可是會發飆的啊！」

「約翰先生，您不用擔心。不管比賽如何，我們天朝飯店一定都會招待您好好享受美食的。」龍鈴華微笑的說著。

美食家約翰看了一眼櫻花，用手托了托牛仔帽說：「這一位應該就是傳說中的『巫女櫻花』了吧?別讓我失望啊！」約翰說完後離開了比賽的檯子，走到天朝飯店幫忙準備的評審席前面坐著。

元杰小聲的問著紫愿：「那個真的是什麼有名的美食家嗎？看起來怪裡怪氣的，該不會是假的吧？」

紫愿搖搖頭說：「我曾經多次看過這位美食家的報導，獨來獨往又不喜歡受拘束，總是會獨自一人跑到各種餐廳去作評論，確實是一位很有名的美食評論家，在魔法世界中也是屬一屬二的美食評論名人。」

「是喔……」元杰還是一副不太願意相信的樣子。之前比賽時的評審像是會長先生打扮就很正式，連胡蘿蔔魔女都是整套看起來很神祕的魔法師套裝……今天的美食家約翰看起來就像是從老電影西部牛仔片中走出來一樣，感覺起來就很不真實。

不過想一想，這個魔法世界中，又有什麼是真實的呢？想到這邊元杰自己苦笑了一下，現在想太多都沒有用，應該專心幫櫻花加油才對。

櫻花在龍鈴華的契約上簽名後，龍鈴華露出了笑容將契約收起來。

「限時三十分鐘，開始！」龍鈴華喊了一聲後，天朝飯店前面一位綁清朝辮子、上半身裸身的猛男猛力的敲響天朝飯店前的大鑼，發出了很大的聲音。

「式神！小春日！」櫻花結出「外獅子印」，小春日很快的從白色符咒變成了紙片人的模樣，發出了「啾」的一聲！

「妳助手還是只有這個式神嗎？」龍鈴華笑笑的說：「我這邊需要兩位助手，妳應該不介意吧？」

「不介意，我的助手只要有小春日就夠了。」櫻花很冷靜的回答後，讓小春日開始準備天婦羅和花壽司的裝盤和材料。

龍鈴華拿著扇子笑著，只是讓另外兩位助手幫忙切菜處理食材，自己邊笑邊對著美食家約翰說：「今天我們天朝飯店要料理『蘭州拉麵』來當作比賽料理，希望約翰先生喜歡嘍！」

「『蘭州拉麵』嗎？」美食家約翰看著龍鈴華說：「要料理出好吃的蘭州拉麵確實要有一點技巧，不要讓我失望了。」

「失望嗎？我這邊不會，那一邊可就難說嘍！」龍鈴華不懷好意的笑一笑，看了一眼櫻花。

櫻花並沒有理會龍鈴華，而是很認真的和小春日處理花壽司和天婦羅。時間比起正式比賽的時候少了許多，但是只要完成一人份的料理應該是沒問題的，比起櫻花認真的料理，龍鈴華一直都是帶著笑容看著櫻花，助手則是很平常的在準備著蘭州拉麵。

「不覺得很奇怪嗎？」紫愿小聲的問著元杰：「那個天朝飯店小姐什麼都不做，只是一直看著櫻花，讓助手去料理蘭州拉麵……櫻花的料理無論食材還是味道都是一流的，單憑蘭州拉麵真的能夠贏過秋新蕎麥麵嗎？」

「不是只有蕎麥麵，還有天婦羅和花壽司耶！怎麼可能只憑一碗蘭州拉麵就贏過櫻花？」元杰也覺得奇怪，緊張的說著：「該不會有什麼陷阱吧？」

「那麼多人在看，應該不可能作弊吧？」紫愿也覺得怪怪的。

櫻花很快的就將天婦羅和花壽司處理好，接下來就是主要的食材秋新蕎麥麵了，櫻花很快的將蕎麥麵準備在盤子上。

龍鈴華看到櫻花拿出了秋新蕎麥麵，笑笑的對著旁邊的助手說：「準備一下，我們要來炒牛肉了。」龍鈴華旁邊的助手會意的點點頭，拿出了一個大炒鍋，並且開了很大的火，龍鈴華微笑的走到了大炒鍋前面。

櫻花將蕎麥麵煮好後，快速的讓蕎麥麵離開熱水放到了冷水冷卻後，伸出手讓蕎麥麵在半空中像是變成一道彩虹，就像是決賽時的那樣華麗又高雅……

就在這一瞬間，櫻花的後方突然有一大群人大聲喊著「櫻花最棒了！」並且刻意的去推擠櫻花站的檯子！檯子瞬間傾斜讓櫻花站不穩的往前方倒去……

龍鈴華的笑容變得很冷酷，瞬間將火開到最大！火焰就像是擁有意識一樣朝櫻花的方向飛去！轉眼間就要燒到櫻花了！

轟

小春日瞬間發現到危險，趕緊撞開櫻花，代替櫻花被火燒到……

「啾——」只有一瞬間，小春日已經被火焰整個燒起來……沒幾秒鐘，小春日已經化爲灰燼。

「小春日……」櫻花站起身，發現自己的右手一陣疼痛，這時候櫻花才發現自己的右手也被燒傷了！但是櫻花還是走到了小春日的灰燼旁邊，一時之間不知道該怎麼辦。

龍鈴華邊笑邊問著櫻花：「唉呀！妳沒事吧？怎麼突然靠近呢？」雖然嘴巴那樣說，臉上卻還是一臉輕蔑的笑容。

「太過份了吧！怎麼可以這樣！」

「太殘忍了！小春日都被燒掉了！啊！櫻花也受傷了！」

台下的人群大聲的罵著，有許多人紛紛爲櫻花打抱不平。

「這事情不能怪我們天朝飯店喔！」龍鈴華像是一臉不在乎的將炒牛肉放到了盤子之中。「是因爲櫻花的粉絲太興奮了，所以才會推到檯子，讓櫻花跌過來我們這邊被火燒到，真是太可憐了。」

龍鈴華將炒牛肉和和蘭州拉麵準備好後，放到了美食家約翰的面前。

「這是我們天朝飯店的蘭州拉麵和炒牛肉，請嚐嚐看吧！」

美食家約翰看著櫻花問道：「御東堂料理店的櫻花小姐，妳們的料理呢？」

櫻花聽到了約翰的話，看了看已經掉在地上的秋新蕎麥麵……到了這個時候，櫻花才知道爲什麼要定下「只准用一份料理和一位助手」的約定；櫻花也很瞭解，剛剛那些所謂「櫻花的粉絲」和刻意的火焰，根本都是龍鈴華安排的。

時間到了，櫻花的料理交不出來。

「爲什麼？爲什麼不把花壽司和天婦羅交上去？」元杰緊張的問著紫愿。

紫愿皺著眉頭說：「當初說好櫻花要用『秋新蕎麥特別定食』比賽，現在主要的秋新蕎麥麵已經掉在地上，就算交出花壽司和天婦羅也沒有意義了。」

美食家約翰站起身，用很嚴厲的口氣說：「如果御東堂料理店交不出料理，那麼這場比賽就由天朝飯店獲勝。」

櫻花只是跪坐在小春日的灰燼旁邊不發一語。

「那我就宣佈，這場比賽由天朝飯店獲勝！」美食家約翰說完，就直接走入天朝飯店。龍鈴華交代天朝飯店的人要好好招待美食家約翰後，慢慢走向櫻花的方向；這個時候因為比賽已經結束，御東堂料理店的店員都圍到了櫻花身邊。

「櫻花大小姐沒事吧！」桃紅色頭髮的女服務生和其他店員都很緊張。「糟糕了！櫻花大小姐的右手受傷了，快去拿藥過來！」

店員們手忙腳亂，要幫櫻花包紮好傷口。這時候其中一位店員問：「櫻花大小姐，小春日還可以復原嗎？」

「櫻花不知道……將小春日燒掉的火，並不是普通的火焰……」櫻花有點茫然，從剛剛到現在，櫻花都想要用咒語或是結手印讓小春日復原，但不管怎麼努力小春日仍然都是一團灰燼。

「不用麻煩了，那張紙燒掉就燒掉了。」龍鈴華走到了櫻花面前，輕蔑的笑著說：「燒掉那張紙人的火焰是我的魔法火焰，是蘊含很強魔力的。」

櫻花看著龍鈴華問：「妳……妳會魔法？」

「當然嘍！只是我的魔法不喜歡用在料理上面。」龍鈴華邊說，邊打開扇子，扇子上的「軒轅集團」的字非常顯眼。「我的魔法，最喜歡用在燒東西上了，特別是紙或是人之類的。」龍鈴華邊說，邊笑得很開心。

「不要太過份！」桃紅色頭髮的女店員帶頭罵著，其他店員也都瞪著龍鈴華。

龍鈴華拿出了契約，微笑的說：「那麼，依照這張契約的約定，妳的『秋新蕎麥特別定食』就是我們天朝飯店的了。從現在開始，只要是蕎麥麵、壽司、天婦羅，櫻花妳任何時間和地點，都不可以再料理上述的三樣。」

櫻花低下頭，一言不語。

「如果違反這張魔法契約，妳會受到嚴格的處罰。」龍鈴華笑得非常的開心！「懂嗎？巫女櫻花！」

「作弊還敢大言不慚！」紫愿和元杰走到檯子上，紫愿生氣的指著龍鈴華罵道：「這場比賽根本不公平！妳沒有理由拿走櫻花的料理！」

「契約就是契約，沒有什麼公平不公平的。」龍鈴華拿著契約，滿臉不屑的對著紫愿說：「不然妳想怎麼樣？」

「怎麼樣？我要求契約無效！」紫愿真的生氣了！從手中變出了之前的大蛤

蜊，用盡全力的丟向龍鈴華。「作弊就是要接受懲罰！」

大蛤蜊猛烈的飛向龍鈴華的方向，以力道來看被擊中絕對會受傷！

「哼！太天真了。」龍鈴華輕蔑的微笑，舉起手喊著：「『業火！』」瞬間龍鈴華的手中冒出了強大的火焰，將飛過來的大蛤蜊整團圍住！轉眼間，大蛤蜊就在龍鈴華的手中，發出了燒焦的味道。

龍鈴華用力的將大蛤蜊的殼扳開！粗魯的將大蛤蜊內的蛤蜊肉撕下一塊放在嘴巴內嚼。「這才叫做魔法料理……嗯！真是難吃的味道。」龍鈴華「呸」的一聲將蛤蜊肉吐在地上後，用穿著高跟鞋的腳狠狠的踩爛掉！

「妳！真的太過份了……」元杰氣得跑到龍鈴華面前！

「別碰我，你這下賤的平民！」龍鈴華用扇子猛力一揮！「碰」的一聲元杰被打飛掉到了檯子下！

「好痛……」元杰頭昏眼花，似乎暫時站不起身。

龍鈴華慢慢的走近櫻花，櫻花旁邊的店員和紫愿都緊張的看著龍鈴華，深怕龍鈴華會對櫻花做什麼事情。

「別緊張好嗎？」龍鈴華笑著說：「我只想要和櫻花講，告訴她今天為什麼會輸的原因。」

「什麼？」紫愿不解的看著龍鈴華，櫻花則是抬起頭看著龍鈴華。

「第一、妳的魔法和料理技術太好，讓妳有自信到從來沒有想過料理會有失敗的時候，這就是妳的第一個敗因——技巧太好，讓妳過度自信。」龍鈴華打開扇子，繼續說著：「第二、妳太仰賴式神，也就是妳不願意用正常人當助手，而選擇對妳百依百順的式神。這就是妳的第二個敗因——式神太優秀，讓妳的搭擋一直都是式神。」

龍鈴華搖著扇子，繼續笑著說：「第三、妳太優秀。從來沒有失敗過的妳，肯定沒想過輸了之後是什麼滋味吧？第三個敗因——被稱為天才的妳，沒有失敗過的經驗。所以妳今天的失敗，都要歸咎於妳的自負！」

櫻花低下頭，完全沒有反駁的餘地。

「就是這個表情、就是這個表情！失敗者的表情真是太令人愉快了！」龍鈴華邊笑，邊轉過身去。「那麼巫女櫻花，希望妳可以在神嚐祭找到理由請桃華家吃別的東西吧！哈哈哈……」龍鈴華邊笑邊走回天朝飯店，所有人只能看著龍鈴華囂張的離開。

「櫻花大小姐……」桃紅色頭髮的女服務生想安慰櫻花，卻發現櫻花低著頭。

櫻花低下頭，眼淚忍不住流了下來……真的沒想過輸了該怎麼辦，只有流下悔恨的眼淚。

元杰搖搖晃晃的走到了紫愿身邊，所有人不發一語，輸的後果，太殘酷了。

第十章・前往未知的未來

櫻花和龍鈴華比賽後的一星期，台灣食堂的生意仍舊冷冷清清的。

午餐時間來了一個老顧客，從紫愿父母親剛開店的時候就會來這邊吃擔仔麵，一吃就吃了十幾年，每次吃完就安安靜靜的離開。這一天吃完擔仔麵後，老顧客一反常態，付完錢後走到了紫愿身邊。

「紫愿小姐。」老顧客是穿著很普通擁有一頭白髮的中年男子。

「是！」紫愿被老顧客嚇了一跳。

「有些事情我不知道該不該說，」老顧客頓了頓，小聲的說：「天朝飯店也推出了許多台灣特色料理，包含紫愿小姐比賽時推出的炒米粉、阿給、魚丸湯甚至是甘藷粥和現在我吃的擔仔麵，天朝飯店的料理味道和紫愿小姐您的料理越來越相近。」

「相近嗎？」紫愿皺著眉頭說：「我們台灣食堂的味道可是從我父母親那時

候開始就在研發，一般的廚師是做不出我們的口味的。」

「沒錯，一般的人確實做不出來。」老顧客緩緩的說：「那麼，台灣正統的廚師呢？從台南帶來的擔仔麵老師傅或是南北部的總舖師之類的。」

「咦？」紫愿有點訝異，天朝飯店真的有可能找了那些老廚師來做料理嗎？

老顧客小聲的說：「我也是聽人說的，天朝飯店在開幕前就花大錢請了很多各種地方的廚師和專業職人來教導料理的製作；等到技術學會了，就會把那些人趕走；或許無法學到百分之百，但是憑著天朝飯店推出的低價和大份量以及各種活動的推銷，客人吃到六七成的味道也就滿足了。真的要吃出味道的差異，也只有我們這些吃了十幾年的老饕才有可能吃得出來。」老顧客頓了頓，表情有點難以啓齒。

「而且，還有傳聞傳出來……」

「什麼傳聞？」紫愿好奇的問著。

老顧客嘆了一口氣說：「天朝飯店大言不慚的對外放話，說台灣食堂的料理根本是抄襲天朝飯店的料理。在五千年的天朝歷史中，台灣食堂料理根本是鄉野料理，難登大雅之堂……」

「這樣說真的太過份了！」元杰聽到這些話，有些氣憤的說：「天朝飯店才開幕不到半個月，虧他們敢這樣說！」

「我們老顧客當然覺得都是謊話，可是來來去去的觀光客就會相信了。」老顧客拿起了一頂漁夫帽戴起來，對著紫愿說：「同樣都是來自台南的老鄉，這些話就轉達給妳，請妳們加油吧！」說完後，老顧客點了點頭，離開了台灣食堂。

「天朝飯店真的太可惡了！」元杰對著背對自己的紫愿繼續說：「那個龍鈴華的態度也很囂張，實在看不太下去……」元杰看紫愿都沒反應，靠近紫愿問著：「妳怎麼都不講話？」元杰想紫愿應該不在乎閒言閒語吧？

沒想到紫愿看起來非常生氣的樣子！這讓元杰有些嚇到，退後了兩三步！

「不——可——原諒！——」紫愿抓著勺子，生氣到臉上的表情都變了！紫愿氣得衝出門口！

「我要去把那個天朝小姐的臉打得稀巴爛！」

「妳辦不到的……不是！妳不要衝動啊！」元杰趕緊跟在紫愿的後面追過去！

紫愿的速度跑得很快！讓元杰差一點跟不上，元杰跟著紫愿跑到了天朝飯店的門口，被門口的黑衣人擋了下來。

「客人，想要到裡面消費請排隊。」天朝飯店的黑衣人毫無表情的說著。

紫愿生氣的說：「我不是來吃飯的，我是來找你們天朝飯店的龍鈴華！」

「來找鈴華二小姐的？請問有預約嗎？」

「沒有！我是來找她理論的……」

「沒有預約就請回吧！鈴華二小姐是很忙的！」黑衣人用力將紫愿推開！

紫愿往後退了幾步，差點跌倒。好險元杰一直在紫愿後面，剛好抱住了差點跌倒的紫愿。

「痛……推什麼推啊！」紫愿更加生氣，想要直接衝到天朝飯店內！

「紫愿小姐、元杰先生，午安。」後面傳來了櫻花的聲音。

紫愿回過頭，發現是櫻花，沒好氣的說：「原來是櫻花大小姐啊！我現在正在忙，沒時間理妳。」

「請不要這樣說，來我們御東堂料理店喝杯茶吧！」櫻花擺出請的姿勢。

元杰看紫愿繼續鬧也不是辦法，對著紫愿說：「紫愿，我們先到櫻花那邊商量看看，或許有什麼好方法也說不定。」

「真是太氣人了！」紫愿雖然滿臉生氣的表情，卻也不得不接受櫻花的提議，想要靠蠻力闖入是不可能的。

＊＊＊

「歡迎光臨御東堂料理店！現在爲客人獻上宇治金時冰！」桃紅色頭髮的女店員開朗的送上兩碗宇治金時冰給紫愿和元杰。

紫愿看著冰有點驚訝的問：「御東堂料理店改賣紅豆冰了嗎？」

「是的！這是有名的京都綠茶和高品質的紅豆所製作的唷！我是店員『小京』，請多多指教唷！有什麼需要可以再叫我過來。請客人慢慢享用。」桃紅色頭髮的小京禮貌的鞠躬後，又走到別處去了。

「請享用吧！」櫻花禮貌的請紫愿和元杰享用宇治金時冰。

元杰吃了一口，發現綠茶帶有一點苦的味道和甜甜的紅豆真的很速配，店內明亮又開朗的氣氛很適合吃甜點，似乎不賣日本料理改賣甜點也很不錯的樣子。

紫愿吃了一口後，問著櫻花：「接下來妳們御東堂料理店都要改賣甜點了嗎?日本的和菓子真的也很不錯，會再賣一些其他像是銅鑼燒或是羊羹之類的日本甜點嗎?」

櫻花搖搖頭說：「櫻花也不知道，連即將要開始的神嚐祭，櫻花都不知道該怎麼辦了。」

「神嚐祭?啊!那時候龍鈴華一直說的，還說櫻花妳要請什麼家吃料理什麼的。」紫愿想起龍鈴華那時候囂張的表情，一整個就很不舒服。

「是的，在不到一個月之後，由東門寺一族代表舉辦的『神嚐祭』，不但要由櫻花完成祈福的儀式之外，也要請各個貴族或是高官們享用料理；當時指定的冠軍料理是『秋新蕎麥特別定食』，如果無法在神嚐祭獻上料理的話，或許……」櫻花低下頭，露出了些微困擾的表情。「或許櫻花就必須負起責任，會被要求『謝罪』也說不定……」

「謝罪?」元杰仔細想一想，頓時覺得毛骨悚然。「難道說，會被要求自盡嗎?」元杰邊說，邊看著櫻花。「都什麼時代了，不會那麼誇張吧?」

「或許不會死吧！」櫻花看著元杰說：「或許會被流放到某個地方去，一輩子無法使用魔法也說不定。」

「怎麼這樣……」元杰聽完櫻花的話，連一口冰都吃不下去了。

「那怎麼辦？就這樣傻傻的等神嚐祭到了後被處罰嗎？」紫愿邊吃著冰邊說：「那真是可憐啊！到時候再也看不到櫻花大小姐妳了，到邊境去牧羊記得要寫明信片回來喔！」

「紫愿！妳這樣說有點過份了。」元杰小聲的對紫愿說著。

「哼！反正她都放棄了不是嗎？」紫愿大口大口的吃著冰，一臉無所謂的樣子。「沒錯，我是對天朝飯店不滿意、很討厭，但是現在櫻花會變成這樣的狀況，也是櫻花自己咎由自取。」

「紫愿！」元杰想要阻止紫愿繼續說，紫愿卻瞪了一眼元杰，繼續大口大口的吃著冰。

「是的，紫愿小姐說得沒錯，今天會這樣都是櫻花的錯。」櫻花不否認。

「難道一點辦法也沒有嗎？」元杰問著紫愿。

紫愿把小湯匙放下，看著元杰和櫻花說：「如果願意，我們可以再挑戰一次天朝飯店，將屬於櫻花的東西奪回來。」

櫻花和元杰看著紫愿，聽到紫愿的說法完全愣住了。

＊　＊　＊

龍鈴華坐在天朝飯店的高級辦公室內，悠閒的喝著白酒。這種白酒的酒精濃度很高，必須要兌著水喝，不然太濃的酒精會讓龍鈴華一下就醉了。龍鈴華將一盒印著熊貓外盒的菸盒打開來，拿起了一根菸抽著。

穿著性感旗袍又漂亮的龍鈴華，實際上卻喜歡喝白酒和抽熊貓菸。

「報告鈴華一小姐，御東堂料理店的櫻花和台灣食堂的紫愿要求和您見面。」

「櫻花和紫愿？」龍鈴華吐了一口煙，將菸捻熄說：「讓她們進來。」龍鈴華展開扇子，慢慢的搧著風等櫻花和紫愿進來。

過沒多久，辦公室的大門打開，櫻花和紫愿還有元杰走進了辦公室內。

龍鈴華微笑著站起身說：「今天什麼風把你們吹來了？該不會是來將店賣給

咱們軒轅集團吧？」

「不是。」紫愿對著龍鈴華說：「我們今天來，是希望你們天朝飯店將秋新蕎麥特別定食還給櫻花。」

「什麼啊！這是什麼要求。」龍鈴華舉起酒杯喝了一口白酒，有些不屑的說著：「我們軒轅集團是做生意的，可不是慈善家啊！比賽輸給我們的東西，就是我們的了，沒有理由要送給你們。」龍鈴華不理會三人，自顧自的喝著白酒。

「妳那是什麼態度啊！」紫愿想要發脾氣，卻被櫻花阻止；紫愿和元杰都疑惑的看著櫻花，不太曉得櫻花想要怎麼和龍鈴華談。

「龍鈴華小姐，櫻花是來和龍鈴華小姐做生意的。」櫻花對著龍鈴華說：「在神嚐祭開始前，櫻花想以御東堂料理店當作賭注，再和龍鈴華小姐來一場比賽。」

「把御東堂料理店當作賭注嗎？」龍鈴華似乎在思考著。

紫愿緊張的說：「不需要爲了一道冠軍料理賭那麼大吧？御東堂料理店如果輸了，不但和菓子不能賣，連翻身的機會都沒有了耶！」

「是啊！這樣子似乎不太好啊！」元杰也想勸櫻花不要那麼衝動。

櫻花看著紫愿和元杰，微笑著說：「就算不拿店當賭注，神嚐祭的時候無法獻上冠軍料理的話也是沒辦法再繼續待下去。再說今天這個責任是櫻花要自己負責的，重新比賽拿回來也是應該的……謝謝紫愿小姐和元杰先生，櫻花必須要自己負責。」

龍鈴華突然說道：「這樣說的話根本不用比嘛！我只要等神嚐祭過後，御東堂料理店便宜出清的時候再買下就好嘍！」

櫻花和紫愿及元杰驚訝的看著龍鈴華，三人都沒想到龍鈴華會說出這麼過份的話！

紫愿生氣的說：「妳真的……很討人厭啊！」

「討厭也沒關係，至少我能夠穩賺不賠。」龍鈴華邊說，邊喝了一口白酒。

「那看來應該不用繼續談了，你們可以走了。」

紫愿像是想到什麼，大聲喊著：「等一下！」這一聲喊叫讓所有人都瞪大著眼睛看著紫愿。

「我記得，天朝飯店應該沒有虱目魚肚粥的技術吧？」紫愿問著龍鈴華。

「確實還沒有，我們還沒請到會的師傅。」龍鈴華想了想問道：「妳願意將虱目魚肚粥的技術轉給我們天朝飯店？」

「如果妳們天朝飯店贏了櫻花，那我們就把虱目魚肚粥的技術轉給天朝飯店！」紫愿說完後，看著龍鈴華。

櫻花趕緊說：「紫愿小姐的心意櫻花心領了，這件事情不能那麼麻煩紫愿小姐……」

「妳就不用客氣了。」紫愿對著櫻花說。

「等一下，先別在那廢話。」龍鈴華不客氣的說：「我並沒有答應這個條件哦！我話先講清楚，虱目魚肚粥的技術我們天朝飯店早晚都可以拿到，所以這個附加條件我並沒有看在眼裡。除非……」龍鈴華停了一下。

「除非什麼？」紫愿瞪著龍鈴華問。

「除非，台灣食堂的店也要一起附加上去。也就是說，我要御東堂料理店和台灣食堂的店面還有虱目魚肚粥的技術一起給我當賭注，那麼我會考慮看看。」

「要我們兩間店，還說要考慮看看？」紫愿有些氣憤的說著。

「不要也沒關係。」龍鈴華打開了扇子，緩緩的說著：「反正只要等到神嚐祭之後，我們再便宜收購御東堂料理店。那個時候啊！台灣食堂應該也經營不下去了吧？到時候考慮看看賣給我們天朝飯店，對我來說也很省事。」

元杰終於聽不下去，生氣的說：「別太超過啊！妳說的這些話都是沒有根據的事情！」

龍鈴華將扇子收起來，指到元杰的面前說：「你給我閉嘴！這裡沒有你說話的份，再說我只是陳述事實而已。」龍鈴華看元杰說不出話來，將扇子收回來，接著像是想到了什麼一樣。

「對了，我剛好有想要的東西。」龍鈴華走到了辦公桌前，坐到了椅子上。

「如果能把我想要的東西給我，我就答應以剛剛的條件和你們比賽。」

紫愿趕緊問道：「什麼東西？」

「嗯……是這樣子的。」龍鈴華小聲的說：「我想要……紅色的元素水晶，『第四十一號紅色水晶』，我想要十個。」

「十個『第四十一號紅色水晶』？那是什麼東西？買的到嗎？」元杰轉頭問紫愿和櫻花，發現兩人的表情都很凝重。

「『第四十一號紅色水晶』是禁止販賣的違禁品。」櫻花很嚴肅的說。

「沒有販賣呀！」龍鈴華說著：「我說過是『你們給我』，贈送就不是販賣了。」龍鈴華說完，笑得很開心。「記得唷！如果給我十個『第四十一號紅色水晶』，我就答應以剛剛的條件再和妳們比賽。不過最好快一點，過了神嚐祭的時間，比賽什麼的就變得沒有意義了唷！」龍鈴華說完，對著桌上的對講機說著：「我和他們已經說完話了，送他們離開天朝飯店吧！」

三個人離開了天朝飯店，元杰滿肚子都是疑問；元杰和紫愿一起到了櫻花的貴賓室內，那是元杰和紫愿第一次讓櫻花招待的房間。

「那個水晶到底是什麼？」元杰心急的問著。

「請等一下，先讓櫻花對紫愿小姐致上最高的謝意。」櫻花禮貌的對著紫愿鞠躬，非常嚴肅的樣子。

紫愿扁著嘴說：「這沒什麼，我也只是看不慣那個天朝飯店的做法而已。」

「真的非常的感謝紫愿小姐。」櫻花很有誠意的說著。

「不要再客氣了。」紫愿轉過頭回答著元杰：「所謂『第四十一號紅色水晶』只是統稱，簡單的說是在『第四十一號行星』中生產的紅色魔法水晶；本身並沒有什麼特別的地方，但是在使用一些高級的魔法禁術時，很常拿來作為魔法媒介，所以也被列為管制品之一。」

「買的到嗎？」元杰小聲的問著。

「很少有人賣，就算是黑市也不常看到。」紫愿嘆氣著說：「要到『第四十一號行星』真的很麻煩，必須要坐很少的宇宙列車換好幾次車才能到達那邊，光坐車過去可能就要快十天了；而且那邊並不是那麼的安全……」

「不安全嗎？」元杰好奇的問著。

櫻花點點頭說：「是的，那一邊因為有許多地方尚未開發，有些地方確實不太安全。」

「這樣趕得上櫻花小姐的神嘗祭嗎？」元杰問著櫻花。

櫻花有些為難的說：「可能勉強趕得上，但是這是櫻花的事情，不能讓妳們煩惱。」櫻花對著元杰和紫愿又一次鞠躬，禮貌的說：「『第四十一號紅色水晶』的事情就讓櫻花自己去準備，如果神嚐祭之前趕不回來，台灣食堂也不會被波及。」

元杰無話可說。自己沒有什麼過人之處，甚至還不會魔法……唯一會的魔法就只有叫出識別證和將識別證收起來而已；再說台灣食堂和御東堂料理店的事情也不是自己能決定的，說實在的自己真的沒有什麼資格說什麼。

「雖然我不會魔法又沒有什麼專長……」元杰很認真的對著櫻花說：「我還是希望能夠和櫻花小姐您去，我不太放心讓櫻花小姐您一個人去冒險……」

「櫻花感謝元杰先生的好意。」櫻花禮貌的說：「元杰先生還要幫忙台灣食堂不是嗎？這樣的決定還是要由紫愿小姐來決定。」

「哼！愛去就去吧！」紫愿不太高興的站起身。「元杰只是來幫忙台灣食堂的，他要去我也擋不住他。」紫愿說完後，走到了門口。「櫻花妳就早點回來比賽吧！妳回來晚了讓天朝飯店的那個小姐贏了我也會很不爽。」

「紫愿，一起幫忙櫻花吧！」元杰也站起身說：「總不能放任天朝飯店這麼囂張吧？我們一定要幫櫻花把秋新蕎麥特別定食的權利拿回來。」

「哼！笨蛋！」紫愿罵完元杰後，馬上離開了貴賓室。

元杰愣在那邊，不知該如何是好……內心想要幫忙櫻花，但是也放心不下紫愿。放紫愿一個人處理台灣食堂真的不是很好的決定；可是櫻花如果沒有辦法在時間內拿回料理的權利，御東堂料理店倒了也很糟糕。這讓元杰不曉得該作什麼決定。

「元杰先生。」櫻花喊了一聲元杰，元杰轉過頭看著櫻花。「請去紫愿小姐那一邊吧！櫻花的責任櫻花自己負責。」

元杰問著櫻花：「那麼，櫻花小姐什麼時候出發呢？」

「應該是明天早上六點在第十二號魔法街的宇宙列車，明日的列車出發後，或許會在十日後到達。」櫻花繼續說著：「有元杰先生的心意，櫻花就很感謝了，真的非常謝謝元杰先生。」

元杰看著櫻花，真的覺得很迷惘……櫻花曾經救過自己，也多次對紫愿表達過善意；可是紫愿就是不喜歡櫻花，而且真正的原因元杰也不清楚。儘管紫愿再怎麼討厭櫻花，今天紫愿卻願意以重要的台灣食堂當作賭注，紫愿到底是討厭櫻花還是……？

元杰頭腦一片混亂，呆呆站著卻不知道該如何回應。

「請回去紫愿小姐的身邊吧！」櫻花還是禮貌的向元杰道謝。

元杰離開御東堂料理店後，趕緊回到了台灣食堂，看到了紫愿在處理食材。元杰想要再勸勸紫愿，但紫愿對於元杰的問題都沒有回應；元杰也只有安安靜靜的幫忙台灣食堂晚餐時間的準備。

晚餐的客人還是只有幾位老顧客，業績還是很差。

晚上元杰躺在床上，一直翻來覆去睡不著。起來準備台灣食堂早餐食材的時間是早上五點，也剛好是前往櫻花那班列車的時間。如果要和櫻花去，那就必須要丟下紫愿和台灣食堂；如果留下來幫忙顧台灣食堂，那就等於讓櫻花一個人去冒險，或許有危險也不一定。

該怎麼辦才好？元杰心想，櫻花救過自己，現在需要被幫忙時自己卻只能冷眼旁觀，這真的這是自己願意的嗎？

天快亮了，元杰起身開始準備要帶的東西……自己身上還有存下來的薪水，應該夠支付這一路上的花費了吧？元杰邊準備著行李，邊將相機掛在脖子上；那台相機是父親給自己的禮物，也是讓自己走上攝影這條路的原因之一。

元杰在房間內留了一封向紫愿道歉的信，就離開了台灣食堂，希望紫愿可以接受自己這樣的不告而別……

大清早的魔法美食街，多了一點落寞的感覺。

＊　＊　＊

「前往第十二號街嗎？」大廳的派克問著元杰。

元杰點點頭說：「是的，我要去坐第十二號街的宇宙列車。」

「這樣子啊！請小心安全。第十二號街的治安和管理都比較混雜，有什麼問題可以向第十二號街的魔法治安隊請求支援。」派克向元杰說完後，關上了電梯的門。

元杰懷著緊張又不安的心情，慢慢的看著電梯的樓層向上；電梯上升的時間並不長，但是看到自己一直以來進出的第七樓的樓層過了，元杰還是覺得有些對紫願不好意思。

電梯的門打開了，元杰踏上了第十二號街的魔法街。耀眼的陽光和熱鬧的街道，完全看不出來只是剛剛早晨而已；和第七號魔法街相比，第十二號魔法街更熱鬧、更多店家，也更多了層紙醉金迷的感覺。

元杰看了看時間，已經五點半了。元杰依著街道的指示，很快來到了宇宙列車的車站。

『第十二號魔法街亞洲區連結車站』的招牌大大的掛在車站門口。元杰觀察四周，來來往往各式各樣的人種或是外星人，讓車站內的店家非常忙碌。

「真的很熱鬧啊……」元杰忍不住稱讚著。

元杰到處看了看後，發現時間已經沒剩多少了，趕緊走到了看起來像是販賣車票的窗口。

「請問要到那裡？」窗口內是一個看起來很漂亮、穿著制服的女孩子。

「喔……要到那裡啊！」元杰頭腦一時打結，不曉得櫻花是要坐那一班車，想了一下總算想到了。「對了，六點開車前往『第四十一號行星』方向的列車，應該要坐那一班車?」

「好的，請稍等。」車站小姐拿了一張票給元杰。「在第五號月台，可以坐大廳電梯前往第五號月台。」

元杰拿起票，走到了電梯前，前往第五號月台。

到了第五號月台，遠遠的看到了穿著巫女服的櫻花，櫻花旁邊跟著之前看到的小京以及幾位御東堂料理店的女服務生。

「請櫻花大小姐路上小心唷!」

「嗚嗚……櫻花大小姐要離開那麼久，真的捨不得呢!」

幾個女服務生哭成一團，似乎都捨不得櫻花的離開。

「請大家不要傷心，櫻花不在的這段時間，御東堂料理店就麻煩大家了。」

櫻花禮貌的向大家鞠躬。

「是!請櫻花大小姐放心!」大家異口同聲的說著。

「特別是小京，店內的管理就麻煩小京妳了。」櫻花對著小京說。

「是的，請櫻花大小姐安心交給我們，在櫻花大小姐回來之前，小京一定會好好的保護好店的。」小京雖然眼角泛著淚水，但是態度非常的堅定。

元杰走向前喊著：「櫻花小姐！」

櫻花看向元杰，表情有點訝異的看著元杰說：「元杰先生。」櫻花看著元杰走到自己面前，問著元杰：「元杰先生，紫愿小姐呢？」

元杰搖搖頭說：「我問過了，紫愿似乎不願意一起來。櫻花小姐，請讓我跟著妳一起去第四十一號行星吧！雖然我不會魔法又沒有什麼特別的能力，不過請讓我和妳一起同行。」

櫻花擔心的問著：「是嗎……謝謝元杰先生，可是不會造成元杰先生的困擾嗎？」

「不會。」元杰認真的對著櫻花說：「櫻花小姐您救過我，我一直都很感謝。現在我知道櫻花小姐您需要幫忙，請讓我這一次和您一起同行吧！」

「這樣子呀！那就麻煩元杰您了。」櫻花對元杰微笑著。

已經沒辦法回頭了。元杰已經下定了決心，要幫忙櫻花前往第四十一號行星，就算一路上很多困難，元杰也要想辦法克服。

「要照顧好櫻花大小姐喔！」

「如果敢欺負櫻花大小姐，我們絕對不會原諒元杰先生的！」女服務生們對元杰說著。元杰腦海中卻想到櫻花那麼厲害，想要欺負櫻花大小姐那根本是不可能的事情……

「再見！櫻花大小姐！」

在小京和其他人的送行下，櫻花和元杰一起上了列車。列車行駛後，從窗戶還看的到小京她們依依不捨的揮手著。

櫻花和元杰坐到座位上，元杰瞬間覺得不太好意思。

雖然是很重要的任務，事關櫻花的未來；可是能夠和萬人迷的櫻花兩人單獨旅行，這真的是很讓人心動的事情……除了櫻花身上的巫女服讓人覺得很突兀外，櫻花漂亮的外表和令人欽佩的技術以及溫柔的個性，各方面都讓元杰非常的愛慕。

「這個……」元杰害羞的說：「這一路上，就麻煩櫻花小姐了。」

「彼此彼此，也請元杰先生多多照顧。」櫻花禮貌的回答著。

「哈哈……」元杰害羞的笑一笑。「有想要喝什麼嗎？我去買……」元杰想要站起身，卻發現路被一個人擋住了。

眼前的人是一個嬌小的女孩子，穿著休閒的上衣和牛仔褲，頭上戴著鴨舌帽遮住了臉。

「不好意思，請借我過一下。」元杰禮貌的說著，眼前的女孩子將鴨舌帽稍微往頭上拉，露出了臉。

「元杰……你好大的膽子！竟敢丟下我一個人……」

元杰仔細一看，發現眼前的女孩子，竟然是紫愿！

「哇——妳怎麼會在這裡？」元杰嚇了一大跳，不自覺的後退了幾步，差點撞到了在座位上的櫻花！

「我想了很久，我也認爲要來幫櫻花奪回料理的權利……」紫愿生氣的在折手指頭，發出「喀喀」的聲音。「結果發現你一大早就跑走了，留下我一個人善後，要不是我用『時間空間魔法』增加整理店內的時間，我不就一個人被你丟在七號魔法街了嗎？」

「哇……我以爲妳不來了嘛！真的對不起！」元杰愧疚的說著。

紫愿生氣的說：「少給我廢話！我要狠狠的揍你一頓！」

元杰邊跑邊說：「對不起嘛！我請妳喝飲料嘛！」

「站住！你這個可惡的傢伙！」紫愿在元杰後面追著。

兩個人邊跑離車廂，邊大聲喊著；雖然是很失禮的事情，卻讓旁邊看著的櫻花露出了笑容。

或許這趟旅行，值得令人期待呢！

「站住！我要狠狠的把你打一頓！」紫愿大聲的喊著。

前往未知的未來，結果是微笑還是哭泣呢？

＊　＊　＊

在第十二號魔法街上，有人躲在黑暗處看著離開車站的小京一群人。

「哼哼哼！趁現在御東堂料理店和台灣食堂都沒人在，就讓我們來動點手腳吧！」龍鈴華邊冷笑著，邊搖著手中的扇子。「別讓櫻花和紫愿回來，只要發現他們拿到了我要的東西，就把東西搶過來，對方是死是活我不管。」

「骷骷骷……別忘記我的酬勞啊！」黑暗中，兩隻眼睛充滿了殺意！

「沒問題，帶回我要的東西，就付給你三千萬RC。」

從黑暗中走出來的溫德爾，慢慢的走向了車站月台。

接下來的冒險，更添加了許多危機……

飛向不確定未來的門扉
妳是否和我一起前往
身旁總是擁有著妳的微笑
閉上眼簾就有溫暖在心中
張開翅膀接受了我
就像是天使一般
一起前往美好的未來
在我的人生寫下精彩的一頁

培育文化

奇幻魔法 11

魔法美食街

作者　雪原雪

責任編輯　鄭宇翔

美術編輯　林子凌

封面/插畫設計師　トリカワ

出版者　培育文化事業有限公司

信箱　yungjiuh@ms45.hinet.net

地址　新北市汐止區大同路3段194號9樓之1

電話　（02）8647-3663

傳真　（02）8674-3660

劃撥帳號　18669219

CVS代理　美璟文化有限公司

TEL／(02)27239968

FAX／(02)27239668

總經銷：永續圖書有限公司

永續圖書線上購物網

www.foreverbooks.com.tw

法律顧問　方圓法律事務所　涂成樞律師

出版日期　2014年7月

國家圖書館出版品預行編目資料

魔法美食街 / 雪原雪著. -- 初版.

-- 新北市 : 培育文化, 民103.07

面 ;　公分. -- (奇幻魔法 ; 11)

ISBN 978-986-5862-34-3(平裝)

857.7　　103009845

※為保障您的權益，每一項資料請務必確實填寫，謝謝！

姓名		性別	□男 □女
生日	年 月 日	年齡	
住宅地址	郵遞區號□□□		
行動電話		E-mail	

學歷

□國小 □國中 □高中、高職 □專科、大學以上 □其他＿＿＿＿

職業

□學生 □軍 □公 □教 □工 □商 □金融業
□資訊業 □服務業 □傳播業 □出版業 □自由業 □其他＿＿＿＿

謝謝您購買 **魔法美食街** 與我們一起分享讀完本書後的心得。務必留下您的基本資料及電子信箱，使用我們準備的免郵回函寄回，我們每月將抽出一百名回函讀者，寄出精美禮物以及享有生日當月購書優惠！想知道更多更即時的消息，歡迎加入"永續圖書粉絲團"

您也可以使用以下傳真電話或是掃描圖檔寄回本公司電子信箱，謝謝！

傳真電話：（02）8647-3660　　電子信箱：yungjiuh@ms45.hinet.net

●請針對下列各項目為本書打分數，由高至低5～1分。

	5 4 3 2 1		5 4 3 2 1
1. 內容題材	□□□□□	2. 編排設計	□□□□□
3. 封面設計	□□□□□	4. 文字品質	□□□□□
5. 圖片品質	□□□□□	6. 裝訂印刷	□□□□□

●您購買此書的地點及店名＿＿＿＿＿＿＿＿

●您為何會購買本書？

□被文案吸引 □喜歡封面設計 □親友推薦 □喜歡作者
□網站介紹 □其他＿＿＿＿＿＿＿＿

●您認為什麼因素會影響您購買書籍的慾望？

□價格，並且合理定價是＿＿＿＿＿＿ □內容文字有足夠吸引力
□作者的知名度 □是否為暢銷書籍 □封面設計、插、漫畫

●請寫下您對編輯部的期望及建議：

★請沿此線剪下傳真、掃描或寄回，謝謝您寶貴的建議！

221-03

新北市汐止區大同路三段194號9樓之1

傳真電話：（02）8647-3660

E-mail：yungjiuh@ms45.hinet.net

廣　告　回　信
基隆郵局登記證
基隆廣字第200132號

培育

文化事業有限公司

讀者專用回函

魔法美食街

培養文化育智心靈的好選擇